白馬山荘殺人事件

白马山庄谜案

[日]东野圭吾 著

潘郁灵 译

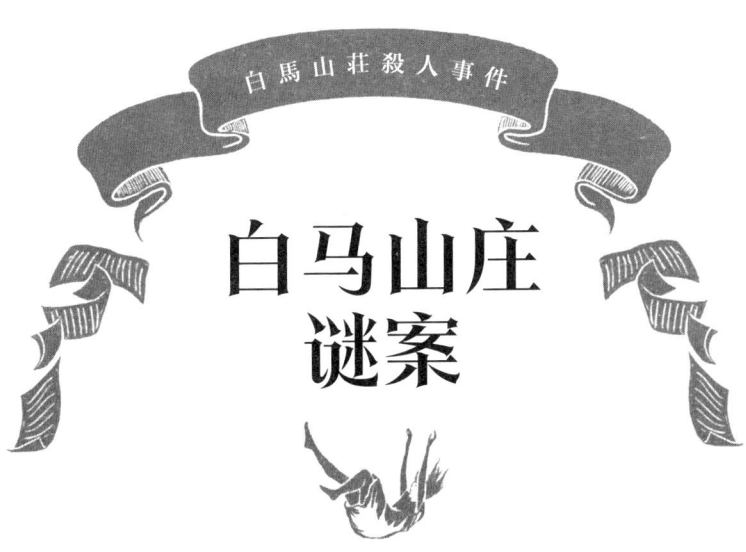

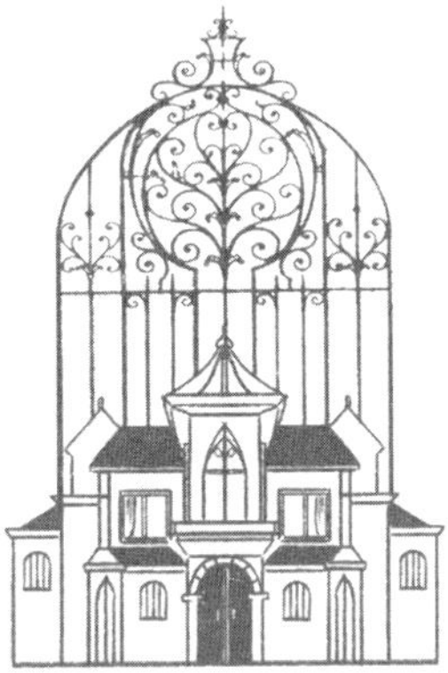

CNS PUBLISHING & MEDIA 湖南文艺出版社 HUNAN LITERATURE AND ART PUBLISHING HOUSE 博集天卷 CS-BOOKY

·长沙·

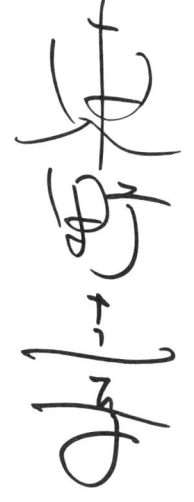

白马山庄谜案

目 CONTENTS 录

序章 1
001

序章 2
004

第一章　鹅妈妈山庄
007

菜穗子坐在哥哥死去时所躺的床上,手掌放在白色的床单上,一边听高濑叙述当时的情形,一边心想:哥哥死前,到底在这间密室中想过什么,又感受到了什么呢?

第二章　"伦敦桥和老鹅妈妈"房间
041

菜穗子的耳畔似乎又响起了真琴的那句话——他们之所以会聚集在这里,并非因为这里什么都没有,相反,恰恰是因为这里有些什么。

第三章　长犄角的马利亚
071

他开始说了,虽然脸上没有一滴汗,却还是用毛巾擦着额头。所有人都看得出来,他是在努力让自己冷静地讲述事实。

第四章　断裂的石桥
105

"也许是我想太多了。"真琴说道。

大概是吧,菜穗子暗暗想着。但这件事,和公一的死有什么差别呢?

第五章　"鹅与长腿老爷爷"房间
133

菜穗子明白他的意思,毕竟他所说的这一切都明确指向了一点:凶手就藏在山庄客人之中。

第六章　马利亚回家时
165

真琴将白天从江波那里听来的话转达给了刑警。简单说来,就是江波认为当时凶手就藏在卧室内,从窗户逃走后,又用某种特殊的方法锁上了窗户。

第七章　童谣《杰克和吉尔》
207

在所有人的注视下,菜穗子缓缓站了起来。休息室里的空气逐渐凝固,这样的气氛的确会给凶手造成很大的精神压力,可对她来说又何尝不是呢?

尾声 1
257
尾声 2
262
解说
267

主要出场人物
CHARACTERS

原菜穗子
大学三年级学生，一直对哥哥公一的死因心存疑惑。

泽村真琴
菜穗子最好的朋友，与菜穗子一起追查事件的真相。

老板
鹅妈妈山庄的经营者。

大厨
身材高大，鹅妈妈山庄的共同经营者。

高濑
二十岁出头，山庄的男员工。

久留美
二十五六岁，山庄的女员工。

医生夫妇
一对老夫妻，住在"伦敦桥和老鹅妈妈"房间。

芝浦夫妇

一对三十五岁左右的夫妻,住在"鹅与长腿老爷爷"房间。

上条

三十多岁的男性,住在"风车"房间。

大木

不到三十岁的男性,运动员身材,住在"圣保罗"房间。

江波

二十九岁的男性,住在"杰克和吉尔"房间。

中村、古川

二十岁出头的男性,住在"启航"房间。

村政警部

刑警,负责调查发生在山庄的谋杀案。

是谁杀了知更鸟?

是我。麻雀答道——

序章 1

晚霞消散后，男人才开始自己的工作。因为他不敢被人看见。是的，绝对不能被人看见。

他已经好久都没干过体力活了。平时就不怎么活动筋骨，最近更是需要特别小心，所以他时刻留意着不敢劳累过度。也许正因如此，没干多久他就觉得呼吸急促，胸口隐隐作痛。

别着急，男人蹲在地上安慰着自己。时间还很充裕，而且平时根本没人会到这附近来。当下最要紧的是认真干完手里的活。

短暂休息后，他又继续干了起来。这个工作他并不熟练，他甚至已经不记得自己有多少年都没有碰过铲子了。

不过，他还记得铲子的用法，所以他的挖掘工作虽然缓慢，但依旧颇有成效。

挖了一会儿，男人试着将旁边的木箱放进坑中。虽然这个坑已经足以容纳木箱，但男人想了想，又把箱子搬出来，继续挖了起来。

"不能着急。"他低声说道，就像是提醒自己一样。

这是整个计划中最关键的一个步骤，一旦这里出了差错，整个计划都可能会泡汤。谨慎，谨慎，是的，怎么谨慎都不为过。

但他又摇了摇头，似乎还是不够满意。这土里似乎什么也没有啊。到底是哪里出了差错？不，这不可能。不在这里，那又会在哪里呢？难道，那指的并非这里的某样东西？咒语……是的，只是个咒语吧。弄错了也没关系。从此刻开始，谬误也会变成真理。

想到这里，他又一次将木箱放进了坑里。这一次，木箱深深地陷进了坑中。如此一来，这个箱子应该就不会轻易露出地面了。他这才终于满意地点了点头。盖上一层土，又铺上一层积雪后，男人往后退了几步，仔细地确认了一下成果。雪有点黑，但还没到会引人怀疑的地步。好了，就这样吧。他对自己的工作成果似乎还挺满意。

带着铲子沿原路返回时，男人又在脑海中检查了一遍整个计划。起承转合，看起来一切都很完美。唯一担心的，就是刚刚埋进土里的木箱是否会被人发现。不过，这个世界上可没那么多聪明人。这么一想，他又觉得根本没有什么可担心的。

"启一，耐心等等吧。"

他突然低喃了一声。

走了很久后，他才看到一个人影，准确来说是一个背影，就在他前方十米左右。这一路他一直低着头走，难道对方早就出现了，只是他没注意到而已？

他顿时慌了起来，也许自己的一举一动早就全部落入了对方的眼中。要真是那样，那自己所有的计划可就全都白费了。

为了查出那个人的身份，他用尽全力迈开了脚步。在这种地方，绝对不能出现意外……

第二天早上，当地警察局接到了一个报案电话——位于白马的一座山庄的老板称，早上在山庄后方的山谷中发现了一位坠亡的客人。山谷中有一处断裂的石桥，那位客人似乎就是从断口处坠落身亡的。因为石桥上已经结冰，人一不小心就会滑倒。

那位客人在入住时登记的名字是"新桥二郎"，但很快就被查明这是一个化名。因为他的随身物品中有一张医院的挂号单，上面写着"川崎一夫"。向医院确认后，警方很快就查明了死者的真实身份。死者是东京一家珠宝店的老板，今年五十三岁。据家属称，他已经失踪三天了。

目前还不清楚这个男人为何会来白马山庄。

序章 2

看起来颇有些年头的布谷鸟钟里的布谷鸟探了九次头。手持主教棋，正准备将军的男子停下了右手。西洋棋的棋盘两端分坐着的两人，一个是满脸胡须的粗犷男子，另一个则是体格高瘦的老者。方才准备将军的，正是那个胡须男子。

"九点了。"

说完，他把棋子放在了将军的位置上。老者的脸就像吃了什么酸东西一样扭曲起来。胡须男子得意地笑了起来。

旁边那桌人也已经打了将近一个小时的扑克牌。打牌的一共五个人，其中看着有近一百公斤重的男人正是这座山庄的厨师，人们都习惯叫他大厨；另外四人则都是当晚的客人。

兼职服务员女孩为众人端来了咖啡。说是女孩，其实也在山庄里打了两年工，看起来应该在二十五六岁的年纪吧。只是她从不化妆，又穿着一身色彩鲜艳的运动装，所以看着要比实际年龄年轻一些。

"奇怪了。"女孩把咖啡放在桌子上，瞥了一眼布谷鸟钟后说道，"他应该不会这么早睡觉啊。"

"肯定是累了。"一个正在玩扑克牌的客人看了看其他人的脸说道。这是一个涂着发油的削瘦男人。

"疲惫有时会来得很突然。机会也是一样。"

"危机也是。"

坐在他对面的大厨随口接了一句。

"还是过去看看吧。"女孩朝躺在沙发上翻阅周刊的年轻人说道。

年轻人比女孩小一点,也是山庄里的工作人员,主要负责照看锅炉等工作。

"是啊,是有点奇怪。"

年轻人起身,张开双臂伸了个懒腰,脖子上的关节也随之发出轻微的咔嗒声。

"我在三十分钟前叫过他一次,当时也没反应。"

年轻人和女孩沿着昏暗的走廊走到房间门口。门上挂着一块木牌,上面刻着"矮胖子"的字样。那是这个房间的名字。

敲了几下门后,年轻人大声喊了住在这个房间的那位客人的名字。声音响彻整条走廊,但房内没有传出任何回应。年轻人转了转门把手。房门被锁上了。

"把门打开看看吧?"

女孩抬起头,有些不安地看着年轻人。年轻人闻言果断沿着走廊走了回去,折返时他的手里多了一把备用钥匙。

用备用钥匙打开房门前,年轻人又朝房间里叫了一声,还是没有回应。他这才下定决心,打开了房门。

进门后,首先看到的是客厅,卧室位于最内侧。年轻人走到卧室门口后,再次敲了敲门。没有任何回应,卧室门也被锁上了,年轻人不得不再次掏出备用钥匙。

卧室里的灯一直开着,室内一片明亮。年轻人愣了一下,显然没想到里面居然亮着灯。但随之而来的,是更大的震惊……

那位客人俯卧在床上,脸转向侧边。年轻人往前走了一两步,随即大声尖叫了起来。

眼前赫然是客人那张紫红色的脸,对方的眼睛正直勾勾地盯着年轻人。

这是信州白马某座山庄里的一个夜晚。

此时,窗外开始飘雪。年轻人的尖叫声很快就被雪花吞没,消散于天地之间。

第一章

鹅妈妈山庄

菜穗子坐在哥哥死去时所躺的床上,手掌放在白色的床单上,一边听高濑叙述当时的情形,一边心想:哥哥死前,到底在这间密室中想过什么,又感受到了什么呢?

1

新宿站，早上六点五十五分。

两个年轻人正快步走上通往站台的楼梯。前方就是中央本线的站台。

走在前面的年轻人穿着灰色长裤，搭配深蓝色滑雪服，梳着男式大背头，戴着一副深色的墨镜。虽然背着一个很大的背包，但年轻人凭借两条长腿的优势，一步跨两级，轻轻松松顺着楼梯往上爬了上去。

年轻人的身后跟着一个看起来有些柔弱的女孩。带脚轮的滑雪包在平地上拉能省力不少，但一遇到爬楼梯就会让人感到十分痛苦了。所以女孩每爬几步就要停下来稍作休息，还要不停地将长发拢到耳后。香烟烟雾般的白色雾气正从她美丽的唇中不断吐出。

"慢慢来，我们还有时间。"率先到达站台的年轻人对着身后的伙伴说道。

年轻人的声音虽有些沙哑，但十分清晰。女孩没有回答，只是轻轻地点了点头。

他们要搭乘的列车已经停靠在站台边，正在等待发车。除了他们外，旁边还有几个正在飞快上楼梯的人，也都扛着长长的滑雪板。站台上有很多人，但列车内更多。几乎每个座位都坐着身穿色彩鲜艳的滑雪服或毛衣的年轻人。终于熬到寒假的学生们，似

第一章　鹅妈妈山庄

乎早就迫不及待地想要冲上雪道，好好释放一下学业压力。

两个年轻人走进站台，从一脸稚气的学生堆里穿过，然后走进一节安静得让人以为上错列车的车厢。其实这节车厢里也有一些准备去雪山滑雪的人，只不过他们不像准备去郊游的幼儿园小朋友那般叽叽喳喳地说个不停。

确认过座位号后，两人并排坐下。女孩坐在窗边，年轻人轻松地将两个大袋子放到行李架上。

"几点了？"年轻人问道。

女孩拉起毛衣的左袖，露出手表给年轻人看。没有秒针的石英表正好指向了七点钟的位置。年轻人小声说了一句"不错"，同时列车门也开始缓缓合上了。

虽然从新宿上车后，这两人并不像如今其他的年轻人那般爱说话，但只要留神听，还是能从偶尔的只言片语中听出女孩管年轻人叫真琴，真琴则管女孩叫菜穗子。上了列车后，真琴依旧戴着墨镜。

"终于要出发了。"菜穗子压低声音说道。她一直凝视着窗外，列车此刻尚未离开东京。

"你后悔吗？"真琴低头看着列车时刻表问道，"要是后悔，那就回去吧。"

菜穗子轻轻瞪了真琴一眼。"别开玩笑了。我怎么可能后悔？"

"这可就太可惜了呀。"真琴的嘴角微微上扬，将翻开的时刻表递给菜穗子，"我们十一点多就能抵达那边的车站，然后还要转乘公交车吗？"

菜穗子摇摇头道："有小车。山庄的人会到车站来接我们。"

"那可太好了。不过,对方认识我们吗?"

"那位高濑先生与我有过一面之缘。当时只有他来参加了葬礼,是个年轻人哟。"

"唔,高濑先生……"真琴思考了片刻后,"那个人可信吗?"

"我不知道,但他给我的第一印象很不错。"

听到菜穗子的话后,真琴冷哼了一声,嘴角也随之歪了一下。看到这样的反应,菜穗子不禁为自己的愚蠢而低下了头。第一印象很不错——她这才意识到自己说的简直就是一句废话。

"那张明信片带了吗?"真琴问道。

菜穗子点点头,伸手取下挂在墙上的小挎包,从里面拿出了一张看着很普通的明信片,上面印着雪山的图案。这是一种在信州随处可见的明信片,并无特别之处。

真琴扫了一眼上面的文字:

"你好啊,菜穗子,最近身体可好?我现在住在信州的一处山庄里。这是座很不寻常的山庄,但很有意思。我甚至觉得能遇到这座山庄,简直就是一种幸运。也许我的人生会因此迎来新的机遇。

"对了,说起来有件事想拜托你调查一下。也许你会觉得这听起来就像在开玩笑,但我是认真的。我想拜托你调查一下'马利亚什么时候回家'这句话。马利亚,指的就是圣母马利亚。我想应该能在《圣经》之类的资料上查到。我再说一遍,我是非常认真的。万望协助。不胜感激。"

反复读了两遍后,真琴将明信片还给了菜穗子。真琴歪着头叹了口气,接着说了一句"想不明白"。

第 一 章　　鹅 妈 妈 山 庄

"我也想不明白啊。哥哥又不是什么基督教徒,怎么会突然关心起马利亚了……不过这句'什么时候回家',听着倒像是什么密码……"

"也许是吧。"真琴用食指将墨镜向上推了推,接着略微放倒座椅,好让自己坐得更舒服一些。

"你查了资料吧?有什么发现吗?"

菜穗子一脸无奈地缓缓摇头。"毫无发现……毕竟我能做的,也只有按哥哥要求的那样查查《圣经》而已。"

"也就是说,你在《圣经》里面没有发现相关的信息?"

她无力地点了点头。

"而且,现在我们也辨别不出到底哪些信息是相关的,哪些又是无关的。"

"总之,先保存体力吧。"真琴轻声说了一句后,便闭上了墨镜下的眼睛。

2

故事要追溯到一个星期前。

那天是学期结束前的最后一天,第二天就开始放寒假了。真琴独自坐在阶梯教室中,一边等待菜穗子,一边看着窗外的同学们开心地走出校门。前一天晚上,菜穗子给自己打来电话,约好今日在这里碰面,但她并没有具体说过所为何事。

真琴等了五分钟后，菜穗子才出现。她没有道歉，而是开门见山地说出了自己约真琴在这里见面的原因："本想约你去附近的咖啡馆，但又担心隔墙有耳。"

"究竟想跟我说什么事？"

真琴坐在排成阶梯状的长排课桌的第一排。一听菜穗子昨晚在电话里的语调，真琴就觉得今天的谈话绝不简单。看着此时她一脸慌张，全然没有平日里的淑女模样，真琴更加坚定了自己的猜测。

菜穗子拉了一把椅子过来，在真琴面前坐下。

"你知道我哥哥吧？"她直接切入了正题，只是语气听起来有些沉重。

"……知道啊。"

真琴的声调也跟着低沉了几分。真琴和菜穗子是在上大一的时候认识的，算起来也已经认识三年了。两人十分投缘，所以真琴也去菜穗子家玩过好几次，自然也见过她摆放在桌子上的那张照片，照片里就有她的哥哥。怎么突然说起她哥哥了？

"我记得你哥哥是叫公一……对吧？"

真琴努力搜索了一下自己的记忆。

"是的，他在去年十二月去世了，死的时候二十二岁。"

"嗯。"

"我和你说过他的死因吗？"

"说过一点……"

据说他是自杀身亡的，是在信州深山某座山庄的一个房间内服毒自杀的。当时他倒在床上，枕边放着一个装有半杯可乐的玻璃

第一章　鹅妈妈山庄

杯，警方从可乐中检测出了剧毒成分。

由于毒药特殊且来路不明，当时警方也考虑过谋杀的可能性，但后来发现公一不仅有自杀的动机，而且与山庄内的工作人员以及其他客人之间都没有直接的接触，所以最终以自杀结案。

"我觉得警方的判断也不是毫无依据。"菜穗子似乎对此深表理解，"毕竟我哥哥当时确实有明显的自杀动机。"接着，她向真琴仔细地说明了他哥哥当时的情况。

那时的公一有些神经衰弱，不仅考研失败，还迟迟找不到合适的工作，前途未卜让他陷入了深深的担忧之中。他毕业于国立大学的英美文学系，说起来那也算是个比较热门的专业了，所以找不到工作的主要原因，还是在于他的性格实在太过内向。只要一紧张，他就会手足无措、说不出话，慌得不知该怎么办才好。除了对自己的未来感到担忧外，对自己性格的厌恶也加剧了他的神经衰弱。

去年十一月，公一突然提出要去旅游，说是绕行日本一周或许能让他变得更强大一点。父母虽然很不放心，但还是同意了，大概他们也对此抱有很大的希望吧。

尽管家人都很担心，但公一的旅行似乎还算充实。从他偶尔寄回来的风景明信片和信件就不难看出，那段时间的他应该每天都是一副精神焕发的模样。可就在所有人都对公一的蜕变充满信心时，一个噩耗突然降临。

"据警察说，哪怕信中的措辞看起来充满信心，也不一定就意味着他的神经衰弱已有好转。因为神经衰弱的特点就在于病人会时而兴致高涨，时而精神萎靡。其实这就是我们常说的躁狂抑郁症。"

"这倒是经常听人说起。"真琴低声附和道。

"警方详细调查了那座山庄中的所有人,但并未找到与哥哥有关的人,这也成了警方判定哥哥是自杀的一个佐证。毫无关系的人,又怎么会有杀人动机呢?不过除此之外,其实还有另一个判定依据。"

"依据?"

"因为哥哥住的房间锁上了,根本没人可以进去。不仅是房门,就连窗户也被锁上了……"

真琴看了菜穗子好一会儿,然后咔嗒咔嗒地转了转脖子,颇不耐烦地低声道:"密室啊……那么,你是怎么想的?"

菜穗子从口袋中掏出一张明信片。收件人一栏写的是菜穗子的名字,发件人正是她的哥哥公一。一看上面的照片就知道,这是一张来自信州的明信片。

读完上面的文字后,真琴低声道:"这张明信片太奇怪了。马利亚什么时候回家……"

"这张明信片是在我哥哥去世后送到的,可见应该是他临死前寄出的。"

"听着有点恐怖。"

"这是哥哥生前写的最后一封信。上面不是还写了一句'人生会因此迎来新的机遇'吗?这样的人怎么可能自杀呢?"

"我这么说,你别生气。"真琴一边将明信片递还给菜穗子一边说道,"看完这张明信片后,我觉得你哥哥确实是个患有神经衰弱的人。"

第一章 鹅妈妈山庄

"我觉得很难相信啊。"

"你只是不愿意相信吧……"

"除此之外,还有一些我觉得无法理解的地方。关于毒药的事,我跟你说过吗?"

"你只说过是一种很特殊的毒药,但我没记住那个名字。"

"是乌头碱。"菜穗子说,"直接说乌头可能会更好理解一些,就是那种植物。"

"听说过。"

"过去经常被阿伊努人[1]用于狩猎。"

"你可真懂。"

"书上查来的而已。"

从菜穗子查到的资料来看,每年的夏季到秋季,乌头都会开出紫色的花朵。在秋天收集乌头根茎风干三到四个星期,就是阿伊努人的传统制毒方法。乌头碱是根茎中的主要毒素,分离后就会得到白色的粉末状物体。这是一种比氰化钾还厉害的毒物,只需几毫克就足以让人毙命。

"问题是……"真琴向后拢了拢自己的大背头,"你哥哥是怎么得到那种毒药的……"

"他怎么可能得到那种东西?"菜穗子难得这么急躁,"我从没听哥哥说过他认识阿伊努人。"

"可是你哥哥不是去环游日本了吗?说不定也去过北海道呢?

---

[1] 日本的一个少数民族。——译者

也许就是在那时得到的?"

"警方也这么认为,但我觉得这都是基于常识的猜测而已。"

"嗯,你说的也有道理。他们似乎向来擅长这类猜测。"说完,真琴用手指胡乱揉着自己的大背头,"那么,你想跟我说什么?你无法接受哥哥自杀这个结论的心情我很理解,但你准备怎么做呢?如果你是想去找警察投诉,我可以陪你一起去。但这件事已经过去一年了,我觉得他们未必会认真听我们说这些吧。"

听到这里,菜穗子露出了似有深意的微笑。她看着真琴的眼睛说道:"我的确想让你陪我,但不是去警察局。"她的语气很温柔,但眼神却十分严肃。

"我想去信州。"

"去信州?"

"我想去那座山庄。"

菜穗子一脸淡定地看着瞪大眼睛的真琴。紧接着,她又用平静的语气说道:"我想亲眼看看哥哥当时是在什么样的山庄里,又是怎么死的。我想查明真相。"

"真相啊⋯⋯"真琴叹了口气,"除了自杀,难道你哥哥的死还有别的可能?"

"如果不是自杀,那就是有人杀了他。那我就必须找出真正的凶手。"

真琴睁大眼睛盯着菜穗子。"你是认真的?"

"当然!"她答道。

"都已经过去一年了。你现在过去,又能发现什么呢?真有这个想法,你就该早点去啊。"

第一章　鹅妈妈山庄

菜穗子的语气依旧平静："我故意等了一年。"

"什么？"真琴闻言十分惊讶。

"我也想早点去。之所以等到现在，是因为我听说每年这个时候入住山庄的几乎都是同一批客人。"

"你的意思是，都是熟客？"

"那座山庄里大约只有十个房间，而每年这个时候，预订这些房间的都是同一批人。去年也是，除了我哥哥外，其他客人都是山庄的熟客。"

"哦……"

真琴听懂了菜穗子话中的意思。如果这是一起谋杀案，那么凶手不是山庄的工作人员，就是那些客人。既然打算追查真相，那么这些人全部聚在一起之时，无疑就是最佳时机。

"看来你是认真的。"真琴低声说道，"但你不是说警方调查了很久，都没有发现可疑的线索吗？我可不认为我们这种外行人四处走走就能发现什么新线索。"

"已经过去一年了，敌人也已经放松了警惕。而且一般人在面对警察时都会很谨慎，但如果面对的是一个普普通通的女孩，应该就会放松警惕。当然，我肯定不会对外说出我和哥哥的关系。"

"敌人啊……"真琴耸耸肩，"好吧。"

看起来菜穗子已经认定这是一起谋杀案了。

"那么，你想让我做什么？"真琴问道，虽然她已经预想到了答案。

菜穗子低下头，翻起眼睛看着真琴。"我想……让你陪我一起去。当然，我是不会勉强你的。"

真琴深吸一口气后，抬头看着天花板，一副不知该拿菜穗子怎么办的模样。

"所以，你是打算让我陪你玩侦探游戏？"

菜穗子垂下了眼帘。"因为我能依靠的，只有你了。没关系，我知道这个要求有点太过分了。"

"你父母是什么意见？"

"我告诉他们，我想去滑雪。要是告诉他们真相，他们肯定不会放我走。我跟他们说我打算和你一起去……因为他们一直都很信任你。"

"倒也不用这么信任我。"

桌子发出咔嗒一声，真琴站了起来，接着从依旧低着头的菜穗子身边走过，径直向门口走去。真琴本想在离开教室前留下一句：不要太依赖别人，否则就会一事无成，无论对方是你的恋人还是最好的朋友……

可是菜穗子接下来的一句话，却让真琴将这句话咽了回去。

"确实。"真琴听到身后传来了微弱的声音，"这种事情，谁也不愿意沾上……对不起，是我太天真了。不用担心，我一个人去就好了。不过，可以请你帮个忙吗？我会骗我父母说我将跟你一起去滑雪，你可以帮我隐瞒这个秘密吗？我不会给你添麻烦的。你只要和我统一口径就可以。"

"你当真要去？"

"当然是真的。"

真琴皱起眉头，再次用手指理了理头发，接着一脚踢开了旁边的桌子，快步走回来抓住菜穗子的肩膀。

"我有条件。"

真琴的声音中带着明显的怒气。事实上,真琴此刻非常生气,不管是对菜穗子还是对她自己。

"你必须答应我三件事:第一,不要做任何有危险的事情;第二,查出你哥哥的真正死因后立即回家;第三,如果事态失控,也要立即回家。"

"真琴……"

"我再问你一遍,你是认真的吗?"

菜穗子答道:"当然是认真的!"

3

用指尖在蒙上了一层雾气的玻璃上画个圈,那个位置就会像钻了个洞的磨砂玻璃般变得无比清晰。这日,天气晴朗,天空蓝得耀眼,菜穗子不由得皱起了眉头。

虽说今年的十二月不太冷,但窗外还是白茫茫的一片。列车已经驶入长野境内。日本好大啊!菜穗子不禁发出了一个无聊的感慨。

"应该快到了。"

一旁的真琴伸了个大大的懒腰,大概是被强光弄醒了吧。菜穗子看了看手表,已经十一点了。确实,应该快到了。

五分钟后,列车抵达信浓天城站。这是个又小又简陋的车站,令人不禁担心驾驶员可能一不留神就会开过站。列车的车门与站台之间的落差很大，加上地面已经结冰，所以菜穗子踏出车门时不由得踉跄了一下。

包括他们在内，在这个车站下车的一共有四人。另外两人是一男一女，看上去应该是一对老夫妻。列车驶离站台后，那老先生还摔了一跤。从他摔倒的位置来看，应该就是下车时没站稳导致的。

"我都说了这里很危险，你还这么不小心。"

一个尖锐的声音在空荡荡的站台上响起。循声望去，那个穿着黑色皮大衣，看似是老先生妻子的妇人正扶着他的右手，用力支撑着他的身体。老先生脚底打滑两三次，好不容易才爬了起来。他穿着一件长度及腰的灰色厚大衣，戴着一顶同样颜色的鸭舌帽。

"我也没想到高低落差居然这么大，而且地面还结了这么厚的一层冰。"

"你每次都要在这里摔上几跤，就不能长长记性吗？你好好记住，这里的站台很低，而且每年到了这个时候，地面都会结冰。"

"哪有每次都摔倒……"

"去年摔过吧？前年也摔过吧？每次都得靠我扶着走。要不是我啊，你每年都得因为摔得背疼掉头回东京去。"

"好了，人家都在笑话我们了。"

事实上，菜穗子和真琴的确正在偷笑。见这对老夫妻已经注意到自己，两人连忙走出了检票口。

信浓天城站的候车室是间十分简陋的小屋，里面只放着被摆成了U形的木制长椅，可勉强容纳四人同时落座。U形长椅的中央

第一章　鹅妈妈山庄

放着一台老式煤油暖炉，但并未点火。真琴本打算转动暖炉侧面的旋钮，但手刚伸到一半就停了下来，因为暖炉的煤油余量已经降为零了。

"好冷。"

菜穗子在椅子上坐下后，不停地用双手摩擦着自己的大腿。除了炉子打不着火外，车站外的景色也让她不由得感觉更冷了。车站外并排立着三间用途不明的小屋，除此之外，就是一大片盖着薄雪的树林。一条坑坑洼洼的小路在划出一个急转弯后，便消失在了树林深处。

"看样子，来接我们的车还没到啊。"

真琴戴上滑雪手套后，在菜穗子的旁边坐下。椅子的凉意经由臀部迅速扩散至全身。

刚才那对老夫妻从检票口出来后，也进了候车室，与菜穗子两人分坐在未点火的暖炉两侧。男人年约六十岁，透过头顶的鸭舌帽，依稀可见他两侧的头发已经花白。他长着一张长脸，眉毛和眼睛呈现出两端低、中间高的形态，就像八点二十分的表盘一样，看起来似乎是个非常和善的人。个头应该超过了一米七，对他那个年代的人来说，算得上是罕见的高度了。一坐下，男人就迫不及待地将手放到了炉子上方，发现这暖炉压根发不出热量后，又有些尴尬地将手收回了大衣的口袋里。

"怎么还不来啊？"夫人看着手表嘟囔道。那是块看起来很高级的银手镯式手表。

"开车嘛。"男人淡淡地答道，"难免会遇到些突发状况。"

夫人听完打了个小小的哈欠，然后转头看向坐在对面的两个人。

"你们二位也是来旅行的吗?"

夫人的脸上带着优雅的微笑。大概是微胖的缘故,她的脸上没什么皱纹,皮肤也还算紧致。她的坐姿十分端正,或许是因为个头不高,习惯了仰视四周吧。

"是的。"菜穗子回答道。

"是吗……可是这里没什么可玩的呀。你们准备住哪里呢?"

菜穗子犹豫了一下才开口道:"一座叫'鹅妈妈'的山庄。"

夫人听到这里眼睛一亮。

"果然是那里啊!其实我早就猜你们要去那里了。毕竟这附近也没什么像样的旅馆了。其实,我们也要去那里呢。"

"是吗……"

菜穗子有些不知所措地看着身旁真琴的侧脸。真琴脸色如常,只是墨镜下的双目间似有一道寒光闪过。

"二位常来这里玩吗?"真琴认真地看了看两人。

"是啊。"夫人开心地点点头,

"自从他退休以后,我们每年都来……你们应该还没去过'鹅妈妈'吧?"

"是的。'鹅妈妈'值得去吗?"

"是个很不可思议的地方,对吧?"

听到妻子询问后,男人敷衍地"嗯"了一句,接着问菜穗子两人道:"你们两个是情侣吗?"

两人还没来得及回答,夫人就用手肘戳了戳他的侧腰。"你怎么问这种问题啊?没礼貌……真是太抱歉了!"

第一章　鹅妈妈山庄

夫人抱怨了丈夫两句后,又连忙向真琴她们道了歉。

"没关系的。"真琴微笑着回应。

几人中只有那老男人满脸疑惑地歪着头。

一辆白色的单厢车终于抵达车站前的小路。

此时距离四人下车已经过了十分钟左右。开车的男子下车后,连忙一路小跑着进了候车室。这是个二十岁左右的年轻人,皮肤被雪原的阳光晒得黝黑,但长着一口令人印象深刻的洁白牙齿。

"各位久等了。"男子说完鞠了一躬。

"高濑先生,好久不见啊。今年也要麻烦你多照顾了。"

"夫人看起来精神很不错呢……医生,好久不见啊。"

被称为医生的男人微微点头,然后有些担忧地问道:"路上是出了什么事情吗?"

"刚刚一位自驾来山庄的客人打电话来,说他被困在雪地里了,让我过去帮个忙。因此我才来迟了,真的非常抱歉。"

"没关系,没关系,没什么大事就好。"

医生拿着波士顿包站了起来。

高濑接着继续转头对两个年轻人说道:"是原……田小姐吧?"

"是的。"菜穗子起身回答道。

她本姓"原",但为了不让人联想到她与哥哥原公一的关系,便决定使用化名。只有曾在公一的葬礼上见过菜穗子的高濑知道实情。当时菜穗子对高濑解释道:"我想看看哥哥生前最后一次住过的地方,但我不想引起别人的注意,也不想让人联想到我是他的妹妹,所以打算用个化名。"

看到真琴后,高濑面带困惑地上下打量着。

"我记得您在电话里说的是……两位女士……"

听到他的话,那位医生夫人顿时就坐不住了。她抬头看向候车室的天花板,然后摇了摇圆脸,动作夸张得就像舞台剧女演员做出的。

"啊,我真不明白你们男人怎么就这么马虎?我这个六十多岁的丈夫,和这位年轻的高濑先生,居然犯了同样的错误。你们到底是怎么把这个女孩看成男孩的?"

4

后轮装有防滑链的白色单厢车虽有些摇晃,但还是稳健地在雪道上爬着坡。据高濑介绍,从信浓天城站到山庄大约需要行驶三十分钟。终于要到哥哥去世的地方了——想到这里,菜穗子紧张得浑身发烫。

"泽村真琴……'真琴'两个字怎么写呢?"医生夫人问道。

这辆厢型车内共有三排座位,中间部分可以旋转,这样后排的四个人就可以面对面而坐了。

"'真实'的'真',以及乐器的那个'琴'。"真琴回答道,"我经常被人误认为男生。"

菜穗子抿嘴一笑。也难怪他们会看错,她第一次把真琴带回家时,自己的父亲也是冷着一张脸。

"哎呀,真的对不起,我向您道歉。"

第一章　鹅妈妈山庄

只能在耳朵上方看到几缕白发的医生低头道歉。这已经是他今天的第三次道歉了。

"真琴小姐和菜穗子小姐都是大学生吗?"

"是的。"真琴回答道,"我们在同一所大学。"

"方便问问是哪所大学吗?"

"当然可以。"

她如实回答了大学的名字。两人来之前就约定过,尽量少撒谎,因为你永远预料不到哪个谎言会被别人识破。

医生夫人心满意足地点点头后,就没再多问了。"真好,趁着年轻多出来走走。"她叹了口气,似乎打从心底羡慕这两个女孩。

"益田先生是医生吗?"夫人问完后,菜穗子也问道。上车前,她就问过对方的名字了。

"要加上一个'前'字。"医生有些不好意思地笑道。虽然上了年纪,但他的一口牙齿却保养得十分得当。

菜穗子这才想起此前他夫人说过的话:"自从他退休以后,我们每年都来。"

"是您自己开的医院吗?"

"以前是。现在我已经把医院交给女儿和女婿了。"

"那您就可以卸下重担,在接下来的日子里好好享受人生了啊。"

"算是吧。"医生含糊不清地应道。

或许退休让他感到有些落寞吧,菜穗子心想。

"二位每年来这里,是有什么特别的原因吗?"真琴状似无意地问道。

这才是她们最想知道答案的问题。菜穗子很高兴，不禁庆幸真琴愿意跟来。

回答她们问题的是夫人。

"最主要的原因是，这里什么都没有。"

"什么都没有……是什么意思？"

"现在的日本，到处都是设施完善的地方，对吧？冬天可以滑雪，夏天可以打网球、游泳和做户外运动，几乎能够满足人们的一切需求。确实，那样的地方会让人觉得很方便，但那其实就是城市生活的一种延续而已，并不会让人真正静下心来。而这里就没有类似的问题了，因为这里什么都没有，就连住宿的地方都找不到几处。来的人不多，也就不会被世间的纷扰所影响。"

"原来如此，我好像明白您的意思了。"

真琴点了点头。旁边的菜穗子也点了点头。她似乎也明白了……

"二位每年都会在这个时间来吗？"

"嗯。这个时间客人最少。而且去鹅妈妈山庄投宿的大都是熟客，这个时候去，能见到许多熟悉的面孔。就像一年一次的同学聚会一样。这个人啊，最喜欢和他们下西洋棋了。"

听到这里，夫人身边的医生轻声反驳了一句"哪有啊"。

"话说回来，那座山庄怎么会有那么多熟客呢？"真琴问道。

"嗯……应该是自然而然就成那样了吧。"

"是因为什么都没有吗？"

"是啊。"夫人看起来很开心，似乎对真琴的猜测十分认可。

虽然偶尔会遇到下坡路，但众人可以明显感觉到周围的海拔正在升高，车外也彻底变成了一片银白色。阳光从万里无云的天空倾泻而下，在雪山的反射下照进车里。真琴拉上了窗帘。

"反倒是你们，为什么会选择这里呢？去离滑雪场近一点的地方，不是更方便吗？"

提问的是夫人，她会有此疑问也实属正常。

真琴依旧还是一副扑克脸的样子。

"就是突然想来，普通的地方玩腻了，所以想找个特别的地方。反正大学生闲得很。"

"确实。"夫人似乎很认可真琴的说法，"现在的年轻人，大概都是这么想的吧。"

她用自己的方式进行了解读。

车子突然拐进了一条小巷，周围也随之暗了下来。车子正在一条看起来像是在树林中强行开凿出来的小路上行驶着。"应该快到了。"医生低声说道。

穿过树林几分钟后，一道光突然出现在众人的眼前。那里有一片看似在半山腰强行开凿出来的平地，一条小路以柔和的曲线向前延伸，蜿蜒而去。路的尽头，是一片深棕色的建筑。

"那就是'鹅妈妈'。"医生眯起了眼睛。

5

鹅妈妈山庄由一片扁平的建筑物组成，但随处可见呈锐角状的屋顶，不由得让人联想到英式风格的小型城堡。建筑看起来结合了近来十分流行的木屋风格与砖砌结构,外面围着一整圈栅栏,不免让人恍惚,以为来到了中世纪。

"好漂亮啊。"菜穗子忍不住低声感叹。

"听说这里原本是一个英国人的别墅,后来那英国人不知出于什么原因将别墅变卖给了现任老板,改成了山庄。不过据说现任老板接手后,也没做过什么特别的改造。"医生夫人耐心地说明着。

车子穿过红砖大门后,眼前出现了一个已经停了几辆车的小型停车场。大概是前面几位客人的车吧,菜穗子心想。

山庄整体呈 U 形,围绕着一处庭院而建,由几间造型大致相同的平房组成,但被夹杂在其中的两栋二层楼房破坏了平衡。

"各位辛苦了。"高濑关掉发动机后,回头看着四人说道。

"您也辛苦了。"真琴回应道。

庭院里覆盖着一层薄薄的雪,踩下去后,会留下约一厘米深的凹洞。"小心点,别再摔倒了。"菜穗子和真琴的身后传来了夫人提醒医生的声音。

入口处摆着一块大木牌,上面刻着"鹅妈妈"三个字。放眼整座山庄,大概只能通过这块木牌看出老板是个日本人吧。

推开木门后,眼前出现了一扇玻璃门,门后似乎有人走动。高濑打开门后喊道:"有客人到。"

"辛苦了。"一个低沉的声音回应道。

菜穗子一行跟在高濑的身后,只见一个留着络腮胡的男人从柜台后面走了出来。这是一间挑高的休息室,角落处放着一个柜台,柜台后面应该就是厨房了。休息室中放着五张四人圆桌和一张大大的长桌。柜台的后面安有一座壁炉。

第一章 鹅妈妈山庄

"这位是山庄的老板。"

高濑介绍后，络腮胡男人微微鞠躬道："敝姓雾原。"雾原穿着牛仔裤和运动衫，身材看起来十分健硕，应该是长期锻炼的结果。听到"老板"二字，菜穗子一开始还以为是个五十多岁的老人呢，没想到对方居然这么年轻。眼前这个男人，看上去也就三十多岁的模样。

"又要辛苦你多关照了，老板。"医生夫人从菜穗子身后探出身子说道。

男人眯起眼睛，面带怀念，片刻后看向菜穗子和真琴道："希望你们能在这里度过一段美好的时光。只要来了这里，大家就都是朋友。"

他说着，胡子下方露出了洁白的牙齿。

"辛苦您多关照。"菜穗子与真琴也低头致意。

"对了，那个房间真的可以吗？"

老板有些担忧地看着高濑。

"嗯……我已经在她们预订时告诉她们房间的情况了。"高濑看着两个女孩和老板的脸答道。菜穗子听懂了他们话中的意思。"嗯……没关系，我们不介意的。要怪也只能怪我们预订得太晚了。"

菜穗子预订时，高濑就曾毫无隐瞒地说过山庄内只剩一个房间了，而且正是去年公一自杀时住的房间，因此原本是打算暂不开放的。他表示，如果隐瞒曾有客人在这个房间自杀身亡的事实，再让其他客人住进去，他的良心会感到不安。

然而能够住进公一死前住的房间，对菜穗子而言无疑是正中下怀。所以她告诉高濑："那个房间就可以。"

"可是……"老板双手抱胸道。

"难道有鬼？"真琴突然问道。

"怎么可能？"老板摆摆手，"从来就没听说过这种事。"

"那不就行了？只要我们住得好好的，你们就可以放心租给其他人了呀。否则，岂不就只能一直空置下去？"真琴看着老板说道。

老板听完闭上眼思考了片刻，接着缓缓开口道："你们觉得没问题就好。高濑君，带客人去房间吧。"

菜穗子和真琴也跟着高濑走了出去。

"现在的女孩，胆子都可大了。"身后传来了老板对医生夫人说的话。菜穗子心里暗笑，老板居然没有把真琴看成男孩。

沿着休息室旁的走廊前行，第三扇门就是真琴和菜穗子的房间入口。门上挂着一个木牌，上面刻着"矮胖子"几个字。

"这是什么意思？"

听到真琴的询问，高濑一边开锁一边答道："进去就知道了。"

打开房门后，首先映入眼帘的是客厅。说是客厅，其实也就只有一张高高的桌子，以及两张面对面摆放的硬椅子。右边的角落放着一个简陋的架子，看起来是用与桌椅相同的材质做成的；左边的角落摆着一张长椅，约莫比公园里的普通长椅小上一圈。

"这是？"真琴指着架子上的壁挂问道。

那是一幅单面报纸大小的壁挂，四周刻有树叶形状的浮雕，中间刻着一段英文：

第一章　鹅妈妈山庄

Humpty Dumpty sat on a wall,

Humpty Dumpty had a great fall.

All the king's horses,

All the king's men,

Couldn't put Humpty together again.

"是《鹅妈妈童谣》里的一首。"

高濑伸出手，将壁挂转到了另一面。背面刻着一段翻译，看起来应该是后来才刻上去的。

"这是老板刻的。"高濑说。

矮胖子坐在高墙上，

矮胖子掉下去了。

国王派出了所有战马，

又派出了所有士兵，

都没能带回矮胖子。

"'矮胖子'出自刘易斯·卡罗尔的《爱丽丝梦游仙境》，是一颗目中无人的蛋。"

菜穗子的脑海中浮现出爱丽丝坐在石墙上，与那颗满嘴歪理的蛋一问一答的样子。那是她在很久以前读过的书里的插画。

"准确来说，是出现在《爱丽丝梦游仙境》的续作《爱丽丝镜中奇遇》中的人物，也是《鹅妈妈童谣》中最有名的角色。"高濑继续说道，可见他对此还是颇有些了解的。

"这幅壁挂是以前就有的吗？"真琴问道。

"以前，是指这里变成山庄之前吗？据说是有的。不止这个房间，这儿的每个房间里都挂有类似的壁挂。老板觉得很有意思，就决定依次从每首童谣中抽出一个词来作为房间的名字。比如这个房间就叫'矮胖子'。"

"山庄里一共有多少房间呢？"

"唔，七间。"

"也就是说，一共有七首童谣？"

"不是的，有的房间的壁挂上刻着两首童谣。"高濑又补充了一句，"你们一会儿就知道了。"

房间深处还有一扇门，高濑一并打开了，门后是两张并排放着的床。

"这是卧室。"

两人跟在高濑身后走进卧室。卧室里头有一扇窗户，两张床并排放着，床头正对着窗户。两张床之间放着一张小桌子。

"我哥哥……他是死在哪张床上？"菜穗子站在两张床之间问道。她突然觉得有一阵热浪涌上胸口，为了不让旁人发现，她极力压低自己的声音，结果话一出口，就觉得自己语调生硬，显得有些不自然。大概是突然哽住了，高濑轻轻地咳嗽了一声，然后指了指左边的床说："就是这张。"

"是吗……这张啊。"

菜穗子用手掌轻轻摸了摸上面的白色床单。一年前，哥哥在这里睡着了，然后就再也没有醒过来。抚摸床单的时候，她不禁隐约有种感受到了哥哥体温的错觉。

第一章 鹅妈妈山庄

"当时是谁最早发现尸体的？"

听真琴这么问后，高濑答道："是我。"

"当时在场的还有其他人，但第一个进来并发现尸体的人是我。"

"他当时就睡在这张床上，是吗？"

"是啊……床单有点乱，大概是中毒的缘故吧。真是非常遗憾。"

大概是想起了当时的情景，高濑的声音突然变得有些低沉，头也垂了下来。"谢谢你。"不知为何，菜穗子就是突然很想感谢他。

然而，现在不是沉迷于悲伤的时候，自己来此也不单纯是为了祭奠哥哥。

"听说当时房间锁上了？"菜穗子努力用平静的声音问道。

"是的。"高濑指着卧室的门答道，"除了这扇门外，通往走廊的门也被锁上了。"

如果没有钥匙，外面的那扇门只能从里面反锁。卧室的这扇门的旋钮上有一个按钮，关门时只要按住这个按钮，门就会被自动锁上。真琴看了一眼，然后走到窗边。

"那里也被锁上了。"高濑仿佛读懂了她的想法般补充道，"那里的开关当时引起了很大的争议，我还因为这个被警察询问过很多次呢。"

菜穗子走到真琴身边仔细查看起来。窗户一共有两层，外面是铁窗，里面是玻璃窗。铁窗可以向外推开，玻璃窗则是向内拉开，二者均为左右对称式的结构，且都带有防风挂钩。

"不好意思。"菜穗子回头看着高濑说道，"那个……虽然你大

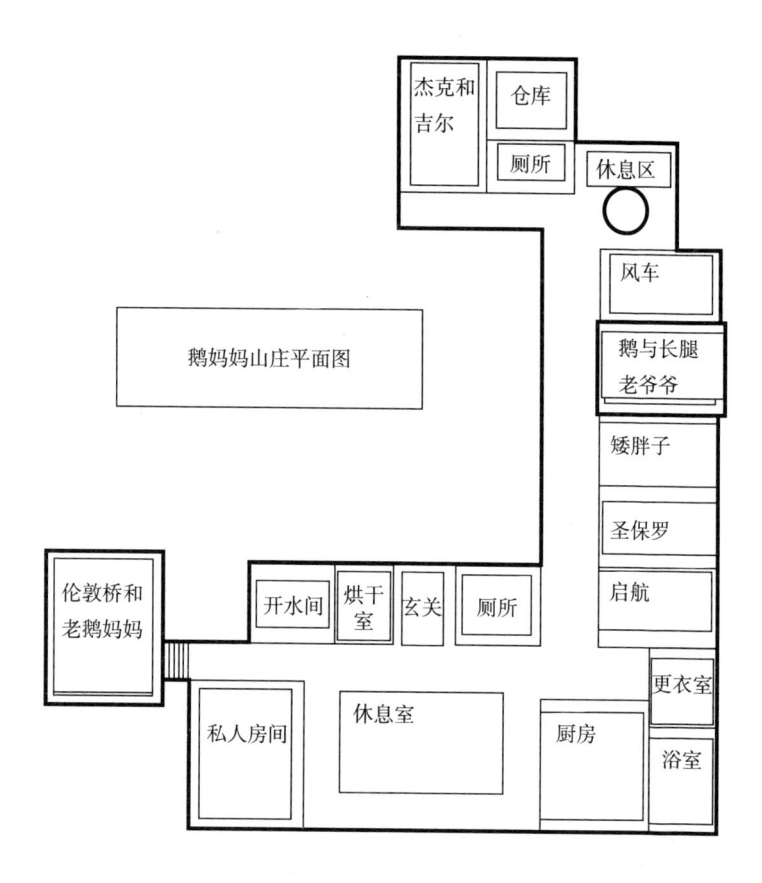

白马山庄谜案

鹅妈妈山庄平面图

- 杰克和吉尔
- 仓库
- 厕所
- 休息区
- 风车
- 鹅与长腿老爷爷
- 矮胖子
- 圣保罗
- 启航
- 更衣室
- 浴室
- 厨房
- 休息室
- 私人房间
- 伦敦桥和老鹅妈妈
- 开水间
- 烘干室
- 玄关
- 厕所

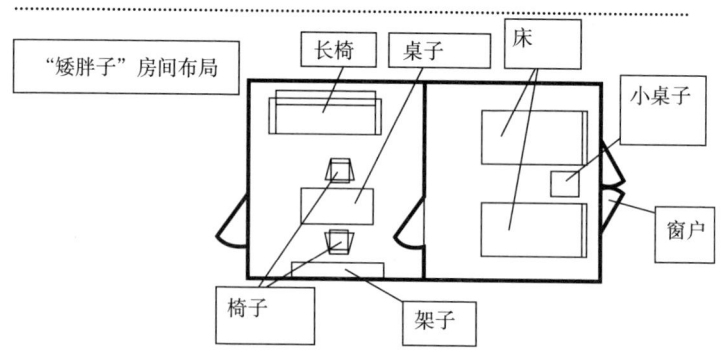

"矮胖子"房间布局

- 长椅
- 桌子
- 床
- 小桌子
- 窗户
- 椅子
- 架子

第一章　鹅妈妈山庄

概不愿意再提起这件事了，但能请你跟我详细说说你发现我哥哥尸体时的情形吗？"

其实，我也不想问的，菜穗子心想。

高濑沉默地看着两个女孩，他的眼神里混杂了犹豫和困惑。过了一会儿，他才紧锁眉头，非常勉强地挤出了一句："我明白了。这就是你们来这里的目的吧？或者说，你们对这件事的结果并不认同。"

菜穗子沉默了，她在思考该如何回答这个问题。而且，高濑也不一定完全可靠。但如果没有他的协助，仅靠自己是肯定查不出真相的。

最终，真琴打破了沉默。"正如你所说。"她承认道。菜穗子有些惊讶地看着她的侧脸，但她却一脸平静地继续说了下去。

"公一的这位妹妹并不认同自杀这个结论。不过这样的心情，我想也是可以理解的吧。哥哥在陌生的地方突然死去，任谁听到这种消息都会觉得难以接受吧。其实我们来这里，也正是为了接受这个事实。除此之外，就没有其他的目的了。当然，如果对自杀的结论仍有所怀疑，我们也会彻底调查的。"

"真琴……"

真琴对着菜穗子眨了眨眼。"俗话说，不入虎穴焉得虎子，但很多时候我们会入虎穴，往往都是因为被人从后面推了一把。"

"谢谢……"

真琴怎么就是个女孩呢？菜穗子的脑海里突然浮现出一个完全不相干的问题。

也许是看懂了菜穗子的决心，原本双手撑腰，紧咬下唇的高濑最终还是深吸了一口气，用力点了点头道："那我就仔细说说吧。那是公一来到这里后的第五个晚上。当时，他和山庄的几个熟客已经熟络起来了，也经常和大家凑在一起打扑克牌。那天晚上也是。一位客人想打扑克牌，要找几个人一起玩，于是就和我一起来邀请公一。我们敲门后，里面没有任何回应。我拉了拉门，门居然开了。也就是说，当时外面的房门并未被锁上。接着，我又敲了敲卧室门，依旧没有任何回应。当时，卧室门被锁上了。和我一起过来的客人说也许公一不在卧室里，所以我就打算从窗外看看里面的情况。我们绕到后面一看，窗户也被牢牢锁上了。"

"那当时你们看到里面的情况了吗？"

听到真琴的问题后，高濑摇了摇头。

"铁窗也被锁上了。所以我们当时都觉得他可能是睡着了，就先离开了。"

"那时大约是几点？"

"八点左右。后来又过了三十分钟，因为人数还是不够，我们便决定再过去喊他一次。但这一次，就连外面的房门都被锁上了。我们觉得他大概是打算好好睡一觉，不想被我们打扰，便再次离开了。又过了大约三十分钟，山庄的女员工开始觉得有些不对劲，因为从公一平时的作息来看，他根本不可能这么早睡，而且房间里怎么会一点动静都没有呢？我突然开始担心，又过去敲了敲门，但和之前一样，还是没有任何反应。无奈之下，我只好拿来备用钥匙打开了房门。卧室门也被锁上了，我又用备用钥匙打开卧室门走了进去，结果就看到……"

"看到公一已经死了？"

第 一 章　鹅 妈 妈 山 庄

"是的。"高濑看着真琴。

菜穗子坐在哥哥死去时所躺的床上,手掌放在白色的床单上,一边听高濑叙述当时的情形,一边心想:哥哥死前,到底在这间密室中想过什么,又感受到了什么呢?

"当然,警方也做过彻底的调查。一开始也考虑了他杀的可能性,但最终还是没有发现任何线索。"

"调查过毒药吗?我听说那是一种叫乌头碱的毒,你知道些什么吗?"

高濑表情严肃地摇了摇头。"完全不清楚。这个问题,当时警察也问过我好几次。"

"这样啊……"真琴看了一眼菜穗子。

"以上就是发现公一时的情形。我知道的只有这些了,其他人知道的应该也差不多。"

高濑看着两人,似乎在询问"这样可以了吧"。对上他的目光,真琴点了点头。

"非常感谢。不过我们可能还会想到一些其他问题……"

"我会配合的。不过,我也有条件……"

"条件?"

"关于你们正在调查去年那件事的事情,请不要告诉其他人。来到这里的客人都是为了放松心情,他们肯定不会愿意被人窥探或打扰。另外就是,如果有什么新发现,请一定告诉我。我想我有知道的权利吧。"

"我们可以不告诉其他人。"真琴回答道,反正她们从一开始就打算秘密调查,"至于将调查的结果转告给你这件事嘛,基本上是没问题的。但万一出现了一些不能对你说的事情,该怎么办呢?"

高濑听到这里,嘴角浮现出一抹苦笑。"你是说,如果查出了什么对我不利的证据吗?"

"是的。"真琴微笑道。

"那就没办法了。真要是那样,你们也只能对我隐瞒了。"

"那就这么决定了。"真琴一脸认真地回答道。

接着,高濑简单说明了用餐时间和浴室的使用方法,将房间钥匙交给菜穗子后,就准备离开了。

看到手里只有一把钥匙,菜穗子不解道:"卧室门的钥匙呢?"

"我们一般会建议客人不要锁卧室门。交出两把钥匙,可能会造成不必要的麻烦。"高濑解释道。

"一直都是这样吗?"真琴问道。

"一直都是。去年也是。"他眨了眨眼睛。

高濑出去后,菜穗子在床上躺了一会儿。想到去年此时自己的哥哥就是躺在这张床上去世的,菜穗子心头涌出了一种奇怪的感觉,一种近似怀念的感觉。

"真琴,对不起。"

"怎么突然道起歉来了?"

"因为我把所有的问题都抛给你了。"

"这有什么关系?"

真琴站在窗边,望着窗外。片刻后,她突然用一种毫无感情的声音低声说道:"那位夫人说自己来这里是因为这里什么都没有,但我觉得事实应该恰恰相反。"

"相反?"

菜穗子坐起身问道:"这是什么意思?"

"具体的,我也说不上来。"

真琴用锐利的目光看向菜穗子。

"我就是隐约觉得,他们之所以会聚集在这里,并非因为这里什么都没有,相反,恰恰是因为这里有些什么吧。"

第二章
"伦敦桥和老鹅妈妈"
房间

菜穗子的耳畔似乎又响起了真琴的那句话——他们之所以会聚集在这里,并非因为这里什么都没有,相反,恰恰是因为这里有些什么。

1

菜穗子和真琴换好衣服走进休息室，看到络腮胡老板正和一个年轻女子隔着柜台交谈着。女子约莫二十五六岁，长着一张圆脸，扎了一根马尾辫。看到两人后，她微微点头致意。菜穗子本以为对方也是入住这座山庄的客人，结果柜台后面的老板却开口说道："这是久留美，是我们这里的员工。"

"哇，难得见到这么年轻的女孩子呢。"

久留美一脸开心地在胸前拍手，胸口那小鸟状的银色吊坠也因此不停地摇晃起来。她应该是个非常开朗的人，要是生活在城市里，一定会是那种左右逢源的人——在看到她的瞬间，菜穗子突然生出这样的想法。不过真琴似乎对她没什么兴趣。

点了份混合三明治和橙汁后，两人在靠窗的圆桌旁坐下。很快，久留美就把餐食端了过来。

"二位都是大学生吧？"久留美站在桌边，抱着托盘问道。

"是的。"真琴回答。

"是……体育专业的吗？"

这大概是她基于真琴的体格做出的推断吧。真琴只是轻轻一笑，答了一句："社会科学。"似乎还是头一次听说这个专业，久留美惊讶地说了句"是吗？听起来似乎很难啊"，然后便不再追问关于大学的问题了。

第二章 "伦敦桥和老鹅妈妈"房间

"你们怎么会想到来我们山庄呢?"

真琴犹豫了一下后答道:"只是突然就想来了。"两人之前就商议过,面对他人的询问要尽量采用含糊的回答方式。因为说得越多,越容易让人生疑。

"你们是怎么知道这里的呢?朋友介绍?"大概是觉得一直问真琴会让菜穗子感到被冷落,于是久留美转而看着菜穗子的脸问道。

菜穗子本想回答是朋友介绍的,但又担心她追问是哪个朋友。此时绝对不能提起公一的名字;但如果随意捏造一个名字,应该也会马上被识破。

"在杂志上看到过。"菜穗子终于想到了一个相对稳妥的说法。

久留美听完点了点头。"嗯,我们确实在很多杂志上都打过广告。"看样子,她并未起疑。

"对了,你在这里工作多久了呀?"

菜穗子接过了话头。

"从三年前开始的。"久留美答道,"不过我只在冬天来帮忙,其实最忙的是夏天,只是我一到夏天就到处去玩了,也就不会过来。"

"最忙的时候,永远看不到她的影子。"老板大声说道,看样子他刚刚一直躲在柜台后面听着几人的谈话。

久留美扭头看着他,噘起小嘴抱怨道:"每年冬天我不都忙得团团转吗?我的工作时间,绝对已经超过了女性劳动的标准量。"

"是谁忙得团团转啊?"走廊里突然传来了一个声音。

众人一看,只见方才菜穗子和真琴走过的那条走廊中,缓缓出现了一个身穿黑色毛衣的男人。他身材瘦削,与老板年纪相仿,头发上似乎抹了厚厚的发油,看起来硬邦邦的,三七分的分发线就像用尺子画出来的一样笔直。菜穗子觉得他长得就跟植物似的。

"上条先生。"久留美对男人打了个招呼。

"你有什么要抱怨的吗?"

"没有没有,我哪里敢呢……只是第一次听到这句话,还以为是自己听错了呢。"

上条用手按着头顶的分发线,理所当然地走到菜穗子她们坐的那张桌子旁边。"坚果小姐[1],请给我来一杯蓝山黑咖啡。"

他对久留美说完,又笑着看向菜穗子,用手指着两人前面的空位道:"我可以坐这里吗?"

"请吧。"真琴语气冰冷,自始至终都没有看过对方的脸。

不过上条似乎并不在意。坐下后,他跷起二郎腿看着两人吃三明治,过了一会儿才开口道:"我听医生夫人说,你们就住在那个'矮胖子'房间。"

"是的。"菜穗子回答道。

"你们知道那是个什么样的房间吗?"

"知道。"

听到回答后,上条吹了声口哨。

"真是人不可貌相啊,你们两个可真勇敢。久留美直到现在都不敢一个人进那个房间呢。"

---

[1] 久留美的发音在日语中有"核桃"的意思。——译者

第二章 "伦敦桥和老鹅妈妈"房间

"当时,你也住在这里吗?"吃完三明治后,真琴一边用吸管喝着果汁一边问道。

"当然。"上条说着打了个响指。这个人真聒噪,菜穗子心想。

"我住在'风车',去年也一样。"

"风车?"

"对,就是会转的那个'风车'。我觉得这个房间的名字是这座山庄里最没意思的。"

紧接着,上条飞快地说了句英语。大概是一首关于风车的英文诗吧,不过菜穗子几乎没听懂。并不是因为他说得太过流利,毕竟菜穗子对自己的英语水平还是很有信心的,之所以几乎没听懂,是因为上条的发音实在和地道沾不上一点边。

"这是一首童谣。当风起时,风车转;当风止时,风车停——仅此而已啦。要是能多点情感内涵就更好了。"

"上条先生,那个自杀的人跟你聊过天吗?"眼看话题似乎开始偏离到不相干的方向,菜穗子赶紧回到了正题。

"当然,"上条一脸得意地说道,"你们大概很快就会明白了。住进这座山庄后,人与人会自然而然地变得亲密起来。去年去世的那个人也是如此。一直到去世之前,他都和我们玩得很开心。所以听说他的死讯后,我们才会觉得非常意外。不过毕竟他一直都有些神经衰弱,这也是没办法的事啊。"

"那你们当时都聊过些什么呢?"话刚出口,菜穗子就开始担心对方会疑心自己在这个问题上过于执着。

不过上条似乎并不在意。"很多啊。"

刚说到这里,久留美就端着咖啡走了过来,三人的谈话也被打断了片刻。

待她转身离开后,上条继续说道:"住进这座山庄后,大家都能很快找到与其他人的共同话题。例如这座山庄本身,那个英国人为什么要卖掉别墅,房间里为什么会挂着刻有《鹅妈妈童谣》的壁挂……这些事你可以问问老板,去年那个人好像就对这些事特别感兴趣。"

说完,他举起咖啡杯,一脸满足地喝了一口。一股芳香钻进了菜穗子的鼻子里。

菜穗子想起来,公一生前学的就是英美文学。虽然不知道他的具体研究方向,但以自己对他的了解,听说《鹅妈妈童谣》后,他一定会很感兴趣的。

"哦,对了,关于这座山庄,其实还有一个可怕的故事呢。"

上条微微向前倾身,在两人的脸上来回看了看,声音也跟着低沉了几分。

你自己不就很可怕吗——菜穗子强忍着没把这句话说出口,还是十分配合地看着上条,等他继续说下去。

"你们只知道去年有人死在这里,但其实前年也有。也就是说,这里已经死过两个人了。"

"两年前也……"

菜穗子不由自主地打了个寒战。她扭头看向真琴,只见真琴也是一脸惊愕。

"是怎么……死的?"

上条似乎对真琴那种紧张的语气感到非常满意。

"当时是被判定成了意外事故。被判定……嗯。"他指了指菜

第二章 "伦敦桥和老鹅妈妈"房间

穗子和真琴身后的窗户,"这几天,你们应该也会在山庄里散步。到时候一定要绕到山庄后面去看看。那里有个很深的山谷,谷底有一条几乎看不到水流的小河,上方有一座破旧的石桥。据说那个人就是从桥上摔下去的。"

"你刚刚说的'被判定',是什么意思?"

喝完橙汁后,真琴摇了摇杯子,杯底的冰块咔咔作响。

上条看了一眼柜台的方向后压低声音道:"因为,没有明确的证据指向那是意外事故。如果有人摔死,一般很难通过观察尸体来判定究竟是意外事故、自杀还是他杀。没有遗书,所以不是自杀;不知道凶手是谁,所以不是他杀。于是就只剩下意外事故这个结论了……嗯,他们结案的理由就是这么可笑。"

"那个时候,你也住在这儿吗?"

菜穗子也被这个故事吸引住了,她觉得胸口突然涌起了一阵莫名的骚动,心跳也不由得加快了。

上条噘着下唇,露出一脸遗憾的样子。

"很不幸,我错过了。事件发生后的第三天,我才到达这里。别说是尸体了,就连那个人住过的房间都被清理得干干净净,连一点火柴灰都别想找到。刚听说那件事的时候,我还想化身成日本福尔摩斯好好调查一番呢。"

上条喝了口咖啡,哈哈大笑。

"那个人当时住的是哪个房间?"

不会也是"矮胖子"吧——菜穗子隐隐有些担心。要真是那样,可就太恐怖了。

"你觉得是哪个?"

上条看起来很兴奋。菜穗子摇了摇头，一旁的真琴突然淡淡地说了一句："'风车'吧。"

上条闻言双眼一亮，举起双手做出投降之状。

"火眼金睛啊！你可真是个聪明的女孩。我听说医生和高濑君都把你看成男孩了？真不知道这两个人是什么眼神，所以啊，一个唯夫人之命是从，一个怎么都交不到女朋友。"

"为什么你会住进那个房间？"

听到菜穗子的问题后，上条笑着答道："倒也没有什么特别的原因。正如我刚刚所说，只是出于好奇而已。不过，一旦成了山庄的熟客，每年都会被老板安排在同一个房间。大概是老板觉得我对恐怖的房间情有独钟吧，反正自那以后，我每年住的都是'风车'房间。"

尽管嘴上这么说，但上条却一脸坏笑地看着她们。恐怖的不是"风车"这个房间，而是你住在里面这件事——菜穗子不由得在心里吐了吐舌头。

"不好意思，让二位听了这么久无聊的故事。"

放下咖啡杯后，他看了看手表，然后站了起来。"很高兴认识你们。我的房间就在你们那间往里走的第二间。只要你们愿意，欢迎随时来做客。"

说罢，他向菜穗子伸出了右手，大概是想和她握个手吧。虽然菜穗子内心十分不愿意，但为了大局她还是伸出了手。上条虽然外表看着打扮得十分精致，但手掌却意外地有些粗糙。

在菜穗子之后，上条也和真琴握了握手。如果不是被他那句有些浮夸的"勇敢的女人是最棒的"给分散了注意力，菜穗子此时

第二章 "伦敦桥和老鹅妈妈"房间

应该会注意到真琴的眼神骤然犀利了起来。

"两年前的事件,你们可以找大厨问问。他似乎知道得很清楚。"

说完,上条就消失在了走廊上。菜穗子看了看四周,才发现老板和久留美也都不见了踪迹。

"这人真讨厌。"菜穗子一边把右手放在牛仔裤上擦拭着,一边和真琴抱怨道。她知道,真琴对男人向来没有任何好感,尤其是刚才那种类型的。

"嗯,是啊……"

然而,真琴只是一直盯着自己的右手掌,也不知道是否听进了菜穗子的话。

过了好一会儿,真琴才突然说了一句:"但是……要小心这个人。"

2

这里距离谷底大概有几十米吧。虽然名为山谷,但危峰兀立,犹如悬崖一般险峻,站在边缘往下看,就仿佛自己随时会被吸进去一样。菜穗子素来恐高,光看这几秒钟,就已经双腿发软了。

正如上条所言,鹅妈妈山庄的后方有一座山谷。这里距离山谷的另一边有十米左右,但视觉上会更近一些,因为对面坡上树木的枝丫都快长到这边来了。

"那就是他口中的石桥吧。"真琴指着犹如长在斜坡上的一块巨大的石块说道。

说是石桥,其实称为石桥残骸更为贴切。整座桥的百分之七十在另一侧,这一侧只有百分之二十左右,余下的百分之十则大概已经跌入谷底了吧。

"要是从这里摔下去,绝对当场毙命。"

菜穗子还没来得及出声,真琴就已经走上了石桥,在距离断口两米左右的位置停下,蹲下身子观察了起来。

"危险,快下来!"菜穗子对着真琴的背影喊道,她已经被吓到声音发抖了。石桥上覆盖着积雪,菜穗子总感觉真琴随时可能滑倒。挂在石桥前的"危险"警示牌似乎也在发出警告。

"这座桥似乎已经断了很久。"真琴站起身,慢慢地走了回来。

菜穗子这才放下挡在脸上的手问道:"发现什么了吗?"

"听完上条的话,我就一直在想,那个人为什么会从这里摔下去。一开始我觉得,或许是在他走在桥上的时候,桥正好断了。不过上条当时没有提到这一点。如果两年前事发时,这座桥就已经断了……那么那个人到底来这里做什么呢?"

"做什么……"菜穗子看了一眼桥下,然后迅速别过头去。只这一眼,就已经让她觉得膝盖发颤。

"可能是来这里散步,然后不小心滑倒了吧。"

"散步?在一个除了石桥什么都没有的地方散步?还是一个人?"

"上条倒是没说过他当时是一个人。"

"可他不是说无法确定是意外事故、自杀还是他杀吗?那就意

第二章 "伦敦桥和老鹅妈妈"房间

味着没有旁人可以作证。如果当时还有其他人一起散步,就一定有目击者。"

"你想说什么?"

"我没有想说什么。"真琴一边说一边朝来时的路走去,"我只是在想,两年前的事件和去年的事件之间到底有没有联系。"

"我哥哥去年是第一次来这里。"

"怀疑自杀这个结论的人不是你自己吗?既然如此,那就要考虑所有的可能性……嗯?"

真琴停下脚步,俯视山谷下方,那里就在这一侧斜坡下方约二十米处。

"那里有人。"

菜穗子也一脸惊慌地往下看去,只见树林中似乎有什么白色的东西在闪烁。

"是个人吗?不过他在这种地方做什么?"

"难道是在看鸟?"

"谁知道呢。"

真琴看了一眼后便返回原路了。一时想不起来刚刚说到哪儿了的两人沉默了好一会儿,就在菜穗子打算重新找个话题的时候,不知从哪儿传来了一句:"去散步了?"此时她们刚走到拐角处,正准备向山庄的正门口走去。

"这儿,这儿。"

就在菜穗子她们四处张望,想要找到声音的来源时,那个声音再次响了起来。首先抬头的是真琴。

"啊……"

菜穗子也跟着真琴抬头望去。原来是医生夫人正站在尖顶屋顶下的二楼窗户开心地朝二人挥着手。这座山庄里，只有这个房间和另外一间设有二楼。

"原来你们二位住在这个房间啊。"

菜穗子一脸羡慕地看着，心想这个房间的视野一定非常好。

"这间，还有下面的那间。来坐会儿吧？"

"真的可以吗？"

"当然可以啊！是吧？"

最后一个"是吧"应该是对坐在房间里的医生说的。菜穗子看向真琴。真琴也点了点头。

"那我们就叨扰了。"菜穗子对着上方说道。

医生夫妇住的房间与菜穗子她们住的房间不在同一栋楼，像是山庄的"别馆"。这栋楼与主楼之间通过走廊相连，也是唯一无须从玄关进出的建筑物。菜穗子她们走到门口，只见房门上挂着一块刻着"伦敦桥和老鹅妈妈"的牌子。

"这个房间的名字可真长。"

"因为有两层吧。"

其实菜穗子也只是随口说说而已，但出来迎接的夫人笑着肯定道："是的。"接着，她开心地将二人迎进屋。

进门后，映入眼帘的是一整套待客家具，中间是一张乳白色的桌子，周围则是四张大气稳重的棕色沙发。看到菜穗子她们后，已经换上蓝色开衫的医生也起身表示欢迎。

"我去给你们泡茶。"

菜穗子她们这才发现，房间的角落里居然还有一个家庭吧台。

第二章 "伦敦桥和老鹅妈妈"房间

夫人取出一罐日本茶,说道:"只有这个是我从东京带来的。"

菜穗子转头环顾整个房间。墙壁和家具均为深棕色,只有窗帘是深绿色。

"她很喜欢这个房间。"

医生往桌上的烟灰缸里掸了掸烟灰,微微侧过头看向妻子。

"老板也很贴心,总会为我们预留这个房间。"

"哪里啊?喜欢这个房间的又不止我一个。你之前不也说过住不惯其他房间吗?"

"我只是住惯了这个房间而已,这样生活起来也比较方便嘛。"

"你这个人啊……就是嘴硬。"

夫人说着,将泡好的日本茶端上桌。在这样的地方闻到这样的香味,不由得让人生出一种怀念的感觉。

"一楼就是'伦敦桥'了吧?"

菜穗子注意到面前的墙上挂着一幅壁挂,材质与悬挂在自己房间里的那幅相同,上面的浮雕花纹也十分相似,甚至上面的英文应该也是出自同一人之手。

London Bridge is broken down.

Broken down, broken down,

London Bridge is broken down,

My fair lady.

"能让我看看吗"

不等医生夫妇回答,真琴就径直走到壁挂前将它翻了个面。

菜穗子一看，发现背面果然也刻有翻译。

> 伦敦桥要倒下来。
> 倒下来，倒下来，
> 伦敦桥要倒下来，
> 我美丽的淑女。

真琴把壁挂翻回正面，问道："菜穗子，你看懂了吗？"

菜穗子轻轻摇头。"英语当然是能看懂，但是……这背后的含义就不得而知了。"

听到两人的对话后，医生双手捧着茶杯，眉目显得比平时更加低垂了。

"让人看不懂，本就是《鹅妈妈童谣》最大的特点。"他解释道。

"这些歌词好像都是凭感觉写的。比如为了朗朗上口，或是增加趣味性之类的。"

真琴坐回沙发上，问道："歌词？您是说这些都是歌曲吗？"

夫人接过话道："是的。'鹅妈妈'是英国传统童谣的昵称，比如《玛丽有只小羊羔》就是其中之一。"

"啊，我知道这首童谣。'玛丽有只小羊羔，小羊羔，小羊羔'，对吧？"

菜穗子轻声唱了起来。这是一首她小时候就听过的童谣。

"我想，其他的你们应该也听过，只是你们不知道那就是'鹅妈妈'而已。就比如这首《伦敦桥》，它的歌词之所以会让人感到

第二章 "伦敦桥和老鹅妈妈"房间

特别,除了读起来朗朗上口之外,似乎还有其他的原因。"

也不知是不是在故意吊大家胃口,夫人啜了一口茶后,一脸满足道:"还是日本茶好喝啊!"

过了一会儿,她才继续说道:"据说英国的伦敦桥总是在建好后没多久就会被冲毁,所以经历过很多次重建。十世纪至十二世纪的英国人觉得,不管在泰晤士河上修建几次,伦敦桥都逃不过被水冲毁的命运,于是便创作了这首童谣。其实这首童谣还有后续——木和黏土会被冲走,用砖和灰泥再把它建好;砖和灰泥用不久,用铁和钢再把它建好——歌词描绘了一步步升级材料的过程,最后是用了石块来建造。实际上,从十三世纪开始,伦敦桥就成了一座石桥,此后六百年都安然无恙,直至最后被拆除。"

"您懂得真多啊!"

真琴称赞了夫人的知识渊博。菜穗子也有同感。

"没有啦。"夫人有些害羞地笑着说道。

不过,旁边的医生却非常平淡地说道:"她也就是听老板说完,跟你们现学现卖而已。"看起来,他早就对此事失去了兴致。

夫人噘着嘴看向丈夫,说道:"至少我能记得住啊!你呢?就连去年在站台上摔倒过的事情都记不住呢。"

"每次只要一来客人,你就会说一遍同样的事,再怎么健忘的人都能记住。"

"所以,你是觉得我很健忘吗?"

"那个……"真琴出言打断道,她似乎不想再听这对夫妻打情骂俏下去了,"老板对'鹅妈妈'很了解吗?"

夫人这才想起来真琴她们还在旁边看着,不禁微微红了脸。

"是啊。据说每个房间墙上的壁挂都是他翻译的，好像他当时还仔细研究过那些歌词的内容。正如我丈夫所说，伦敦桥的故事就是我从老板那里听来的。不过一般人听完也就忘了，对不对？"

看样子夫人果然很在意这件事。

"是啊。"真琴露出友好的微笑说道。

菜穗子想起了上条之前说过，老板知道为什么每个房间的墙上都挂着刻有《鹅妈妈童谣》的壁挂。

既然如此，可能就需要找老板打听其中的来龙去脉了，菜穗子心想。

"既然这里是'伦敦桥'，那二楼就应该是'老鹅妈妈'了吧？"真琴问道。

夫人点点头道："是的。"

"我们可以上去参观一下吗？"

"哎呀，当然可以啊。二楼也非常不错哟。"

像是早就在等待这句话似的，夫人兴奋地从沙发上站了起来。

"也没什么特别的。她这个人就是夸张。"见医生这么扫兴，夫人有些不满地回头瞪了他一眼。

二楼是卧室。布局和菜穗她们的房间一样，都有一扇窗户和并排放置的两张床，只不过因为面积更大一些，所以多加了些衣柜之类的家具。房间的角落里放着一个大包，应该是医生夫妇的行李包吧。见行李似乎比她们在车站时看到的多了些，菜穗子不禁有些疑惑。夫人解释道："我们先通过快递把大件行李寄过来了。"说完，夫人推着菜穗子的后背，一直走到窗户的旁边。

"这儿的景色真是太棒了。你看那条山脊线，像不像一块铺展

第二章 "伦敦桥和老鹅妈妈"房间

开来的丝绸？山这个东西啊，可真是不可思议，总是会随着阳光的增减而不断变换姿态。刚刚还是一片淡蓝色的模样，转眼间又成了一幅水墨画。"

确实，这个房间应该算得上是这一带观赏雪山的最佳地点了，菜穗子心想。阳光在如纯白画布一般的山峦上投下的光影，就像艺术品般令人惊叹不已。但是，若非颇有些闲情逸致，也未必就能生出这样的感叹。从真琴一心扑在壁挂上开始，菜穗子的视线就没有从她身上移开过。所以雪山反射出的阳光对菜穗子而言，无外乎就是一道耀眼的光线罢了。

"这个房间真漂亮……风景太好了。"

菜穗子从窗边走开，顺便将视线收回房间里。"咦，真琴，你在看什么呢？"

真琴正将壁挂反过来，读着背面的翻译。

"这歌词……我看不懂。"

"让我看看英文版本。"

"嗯。"

真琴将壁挂翻回正面，示意菜穗子看。

Old Mother Goose,

When she wanted to wander.

Would ride through the air

On a very fine gander.

"有只老鹅妈妈，每次想要出门，都会骑上鹅背然后飞到空中。……"真琴看着壁挂的背面读道。

"确实看不懂啊。"

菜穗子一脸疑惑地交叉着双臂。"'Goose'就是鹅啊……鹅为什么要骑在另一只鹅的背上飞呢？"

夫人不知何时也凑到了菜穗子的身旁。

"这首童谣就连老板也不太明白，不过从绘本上的插图来看，这个鹅妈妈应该指的不是母鹅，而是一个人类老婆婆。老板猜测，鹅妈妈可能是这个老婆婆的昵称之类的。"

"这首童谣也和《伦敦桥》一样有什么背景故事吗？"菜穗子问道。

"我也看不懂，不过它同样有后续，而且这个故事似乎还挺长的呢。但老板说过，和《伦敦桥》不一样，这首童谣并没有历史背景。"

"原来如此……不过您的记性是真的很好啊！"

夸一个总是现学现卖的人记性好，其实难免有些讽刺的意思，但夫人似乎并不在意，反而十分开心地说了句"谢谢"。

"别说那些了，你们不如过来欣赏一下大自然的画作？难得遇上个大晴天，可不能错过美景哟。"

夫人似乎对站在最佳位置欣赏风景有着特殊的执着。没办法，菜穗子只好跟了过去。真琴也一脸不情愿地跟了过去。突然，真琴伸出手指着窗外，不过她指的并非夫人引以为傲的巍然之景，而是延伸到山脚下的那条山路。

"那个人是？"

菜穗子顺着她指的方向望去，只见一个穿着登山装的男人正低

第二章 "伦敦桥和老鹅妈妈"房间

着头在山路上缓慢地走着。这大概就是刚才在山谷里看到的那个人影吧,菜穗子心想。

夫人一看到那人,就用无比怀念的语气"啊"了一声。

"是江波先生,他可真是一点都没变啊。"

"一点都没变?"真琴疑惑道。

"他就喜欢观察奇怪的昆虫和植物,而且好像也喜欢观鸟。当然,他也是这座山庄的熟客。"

"他是一个人住吗?"

"是的,每次都是一个人。"

"是吗……一个人。"

真琴低头看着身穿登山服的男人,菜穗子觉得自己应该能猜到她此刻在想什么。上条也好,江波也罢,为什么每年都会独自一人来到这么荒凉的地方呢?换作自己,肯定不会愿意来这种地方。正因为不愿意,才要拖着真琴一起来。

菜穗子的耳畔似乎又响起了真琴的那句话——他们之所以会聚集在这里,并非因为这里什么都没有,相反,恰恰是因为这里有些什么。

3

离开医生夫妇的房间后,两人顺着走廊回到主楼。一进门,首先看到的是一个私人房间,再往前就是休息室了。餐桌旁空无一人，老板正和一个胖胖的男子站在柜台旁聊天。男子身材高大，看着就像个职业摔跤手，这么冷的天也只穿一件短袖衬衫，大概是体内的脂肪已经足以抵御寒冷了吧。看到菜穗子和真琴后，他的眼神波澜不惊，就像动物园里的大象。

"这位是我们山庄里的大厨。"老板向菜穗子和真琴介绍道。

男子有些笨拙地从柜台旁的椅子上起身，礼貌性地点了点那颗大大的脑袋。

"如果两位对山庄的菜色不满意，或是想吃什么，可以随时告诉我。你们难得远道而来，若是不能住得尽兴，那我就太过意不去了。"

"你们不用记他的名字，只要叫他大厨就行了，这里的大厨只有他一个，而且他也很以这个称呼为荣。"

"你就别笑我了。你自己的姓不也一样拗口……什么来着？蚰蜒……不对。"

"雾原。"

"对对对，差不多就这个发音。我想，你也不愿意被人喊这个听着像虫子一样的名字？还是'老板'听着更顺耳一些吧？不说这个了。两位小姐有没有什么忌口呢？"

"没有。"真琴爽快地答道。大厨了然地点了点头，大概从她的体格就能猜出这个答案吧。菜穗子也表示自己几乎不挑食。实际上，目前还没有什么食物会让她讨厌到一定要交代大厨别做的程度。

"那可就太好了。现在市面上出来了一大堆关于减肥的书，其实都是在胡说八道。只要饮食均衡、不挑食偏食，身材自然就会

第二章 "伦敦桥和老鹅妈妈"房间

变好。不过,这话从我嘴里说出来,好像毫无说服力啊。"

说完,胖大厨咧嘴一笑,走进了柜台后面的厨房。老板看到大厨走进去后,对菜穗子她们眨了眨眼睛,说道:"他的厨艺确实十分了得。"

"对了,有件事想请教一下您。"真琴一屁股坐在大厨刚才坐过的椅子上说道。菜穗子立刻明白了她的意思,便也跟着在旁边的椅子上坐了下来。

"关于《鹅妈妈童谣》。"

"啊……"

老板闻言,挤出了一丝笑容。

"你们是不是听谁说了,每个房间壁挂上的文字,其实都包含了一些典故之类的。"

"上条先生说的……"

老板露出一副"我就知道"的神情。

"真拿他没办法,每次都说得那么夸张。其实,这里面并没有什么特别值得拿来说的故事。"

"不是说这是熟客间的共同话题吗?"

"真拿他没办法啊。"老板重复了一次,"没那回事啦,都是上条先生胡诌的。"

"但是……"

"真的……"老板一时语塞,"真的没有什么特别值得说的故事。《鹅妈妈童谣》的歌词也没什么特别的含义。那就是个装饰物而已。要是你们觉得我没品位,那就把壁挂拆掉吧!"

菜穗子觉得他好像有些生气了。

"我们没有这个意思,"真琴连忙摆了摆手,"还请千万不要误会。"

"既然这样。"他把擦过咖啡杯的布丢进水槽里,"我就先去忙了。"

他不悦地说完,接着便走出柜台,消失在走廊尽头。

我们说得很过分吗?就在菜穗子和真琴一脸愕然地看着老板离开时,大厨的庞大身躯出现在了厨房门口。大厨伸长粗短的脖子看了好一会儿,确定老板已经走远后才皱着眉头说道:"时机不对。"

"我们是说了什么惹他不快的话吗?"

"别担心。"看到菜穗子一脸担心的模样,他微微摇了摇头。

"他在喝醉或是心情好的时候,偶尔也会主动说出来。大概他今天心情不太好吧。"

"这是什么意思?"

听到真琴的询问,大厨再次朝老板消失的方向看了一眼,然后将短而粗的食指放在嘴边。

"别告诉别人是我说的。"

菜穗子和真琴对视了一眼,然后齐齐倾身等他继续说下去。

"转眼都已经八年了啊。"他看了一眼墙上的年历感慨道。那张年历用了精细的海景图作为背景,上面用艺术字体印上了一整年的日期。他仿佛是看到了当年的日期一般,继续说了下去。

八年前,老板还是一家公司的小职员。大厨表示那就是一家平平无奇的公司,没什么需要特别说明的。当时大厨在别处就职,做的也是厨师的工作,且厨艺已经十分了得。那时他们两人就已

第二章 "伦敦桥和老鹅妈妈"房间

经十分要好了,并且除了他们之外,还有另一位与他们感情很好的朋友。那是个英国女人,她的丈夫在一次车祸中不幸身亡,留下了一个六岁的儿子。她丈夫生前常和老板、大厨一起登山,正是因为这样的共同爱好,三人才结下了不解之缘。现在的"鹅妈妈"就是她丈夫留下的别墅。

"但是那个六岁的男孩……已经死了。"大厨说到这里时不禁有些哽咽。

"当时,我和老板正好来这座别墅做客。那天晚上下着雪,男孩一直到很晚都没回来。我们还找了救援队帮忙,大家在附近找了好久,也没找到男孩的身影。男孩被发现的时候,已经是第二天早上了。不得不说,女人真是为母则刚啊。三更半夜的,她就这一个人到处寻找儿子。找到的时候,那孩子正挂在悬崖下的树枝上,应该是从崖上摔下去的。"

大厨似乎想起了当时的情景,沉默了好一会儿,深深地叹了口气。

没过多久,她就以想回家乡为由决定卖掉别墅。恰好当时老板也厌倦了公司的工作。一直以来,他都很想辞掉工作,经营一座属于自己的山庄。对从学生时代起就痴迷于山野的他来说,公司里那堆枯燥乏味的工作只会让他感到无比痛苦。从别墅的品质来看,她提出的价格可以说简直低到令人难以置信,而且里面设施齐全,只需要稍加改造就可以作为山庄对外营业了。

"对老板而言,这就是他生命中最大的转折点。当然,对我来说也是如此。因为很早之前我们就约定好,等实现梦想成为山庄老板时,他必须聘我做山庄的大厨。对此,他当然没意见。"大厨眨了眨眼说道。

英国女人对老板的决定很满意，并表示终于可以安心回国了。只不过，当时她提出了一个条件，而且还是一个令人匪夷所思的条件。

"你也知道，这里的每个房间中都挂着一幅壁挂。她提出的条件就是，不可以拆下或更换那些壁挂，也不可增减房间。"

听到这里，菜穗子忍不住嘀咕了一句："好奇怪啊。"

"很奇怪对吧？我们当时也追问过理由，但她怎么也不肯回答，只是抿着嘴笑。"

说到这里，大厨突然收起了尴尬的笑容，一脸严肃地看着两人。"不久之后她就自杀了。"

菜穗子不禁倒抽了一口凉气。真琴也一时语塞。

大厨仿佛在压抑自己的情绪，用平淡的声音继续说道："是在东京的自家公寓里服毒自杀的。临死前她留了一封遗书给我们，内容大致是说：'请遵守有关别墅的约定，因为那是幸福的咒语。'她还在信封里放了一个她生前最喜欢的吊坠，说是留给我们做纪念。那是个小鸟形状的古董。"

"哦！"菜穗子点点头说，"就是久留美脖子上的那条项链吧？"

"女人对这个就是敏感！没错，就是那条。老板也不想保管这种遗物，便索性给了久留美。虽然样式已经过时了，但久留美一直戴着，大概也是为了给老板面子吧。"

"幸福的咒语……是什么意思？"

听到真琴的问题，大厨无力地摇了摇头。

"表面上看，她是因为痛失爱子，心灰意冷选择了自杀。但

第二章 "伦敦桥和老鹅妈妈"房间

我总觉得她的精神状态有些不对劲。说实话,我一直觉得《鹅妈妈童谣》和咒语应该都是她的幻想。但既然我们答应过她,而且她又在临终留下了遗言,那我和老板自然也不愿意违背这个承诺。更何况,那些壁挂也挺好看的,不是吗?嗯,事情就是这样的,所以老板才说没什么特别的。"

"原来还有这样的事啊……"菜穗子低着头看向真琴,"难怪老板不愿意谈论这件事了。"

"不仅如此。"大厨故意压低了声音说道,"其实老板爱上了那个英国女人。这可是最高机密哟!"

说罢,他又眨了眨眼,露出了真诚的微笑。

4

"八点左右来房间,发现卧室门锁着。绕到窗边,发现窗户也锁着。八点三十分又来过一次,发现房门锁上了。九点再来一次,发现房门依旧锁着。打开房门锁进屋,发现卧室门依旧锁着。打开卧室门锁进去,发现哥哥死了,窗户被锁得严严实实……"

菜穗子拿着一份备忘录在房间里走来走去,上面写着她从高濑那里听来的所有信息。她想重现哥哥被发现时的情景,以此确认当时的现场是否真是一间密室。然而,无论她怎么想,似乎都无法推翻这个结论。

"啊!还是找不到外人进出的可能性啊。"

菜穗子失望地扑倒在哥哥死去时所躺的那张床上。自从回到这个房间后，真琴就一直躺在旁边的床上盯着天花板。

"都说了这么做是没用的。如果你哥哥不是自杀，而是他杀的，那我们就要先了解并分析当时其他客人的所有行为，否则就永远别想解开这个密室之谜。要是你仅靠这些信息就能找出答案，当时那些警察又岂会一无所获？"

"虽然……你说得没错。"

可菜穗子总觉得自己得做点什么。这座山庄仿佛被莫名的气息笼罩着，让她不禁有些坐立难安。大厨的话听着也有些瘆人。

"急也没用，我们现在应该做的是收集信息。"真琴像做仰卧起坐似的猛地坐了起来，"不过，我总觉得两年前的那起事故应该没那么简单。不知道它与你哥哥的死是否有关……还有你哥哥留下的那张明信片。"

"这个吗？"菜穗子从短外套的口袋中拿出公一寄出的那张明信片。

"来到这里后我才发现，上面写的这些看似无意义的句子，似乎和这座山庄很搭。"

"很搭？"

"你看。"真琴接过菜穗子手里的明信片后大声读道，"'马利亚什么时候回家？'在东京的时候，我只觉得这句话很奇怪，但看到这座山庄各房间墙上的壁挂后，我觉得它们的风格很相近。"

"你是觉得这句'马利亚什么时候回家'很可能是《鹅妈妈童谣》里的一句话？"

"只是有这个可能而已。"

第二章 "伦敦桥和老鹅妈妈"房间

"如果真是这样，那就表示哥哥当时正在研究《鹅妈妈童谣》吧？可他到底在研究什么呢？"

"如果想得简单点……"

"咒语。"两人异口同声道。菜穗子用力点着头。

"要是哥哥当时也听过大厨说的那个故事，他一定会很感兴趣。"

正说着，门外突然传来了敲门声。菜穗子一边走出卧室一边应了句"来了"，紧接着就听到了门外的人的声音："饭菜准备好了。"

"好的，我们马上就……"

菜穗子刚一开口，声音就被身后真琴的那句"高濑先生"给淹没了。真琴将菜穗子推到一旁后打开房门。

"可以耽误你一点时间吗？有些事想请教一下。"

她这架势，着实把高濑吓了一跳。

"什么事啊？"

"先请进来吧。"

把高濑请进来后，真琴关上房门，将手里的明信片递了过去。"请看看这个。"

高濑惊讶地眨了眨眼，问道："怎么突然给我看这个？"接过明信片后，他用略带棕色的眼瞳扫视了一下上面的文字，随后看向两人。

"这是什么？"

"是我哥哥寄回家的明信片，"菜穗子答道，"哥哥死后它才寄到家里。"

"这样啊……"高濑闭着嘴，反复端详上面的文字。即便是一年前的客人，他也应该能想起很多事情吧。

"那么，你们想问的是？"

"就是上面的这些文字。"真琴指着高濑手中的明信片，"这里出现了'马利亚'，我们实在猜不出其中的含义。所以我和菜穗子就怀疑，这会不会也是《鹅妈妈童谣》里的歌词？"

"这样啊……"高濑听完又看了看明信片。果然，一听到"鹅妈妈"这三个字他似乎就来了兴趣。

"看起来风格确实很像，但我没听说过这句歌词。估计还是要旁敲侧击地问问老板。"

"当时我哥哥是不是在调查些什么事情？"

其实菜穗子很确定当时哥哥在调查什么事情，否则他就不会写信让菜穗子帮忙了。"什么事情……"高濑努力回忆着，然后像是突然想到了什么似的抬头看向半空。

"对了，他曾让我画过一幅画。"

"是什么画？"

作为公一的亲妹妹，菜穗子很清楚自己的哥哥对绘画之类的事情从来就不感兴趣，最多也就是偶尔看看漫画而已。

"这座山庄的示意图。他说可以是平面图，也可以是立体图。"

"山庄的示意图……"

菜穗子思考了两三秒后，与真琴对视了一眼。果不其然，真琴的行动总会比菜穗子快一拍。真琴拉起高濑的手，将他按在桌子旁边的椅子上，自己则在他对面坐了下来。

"菜穗子，找找看有纸笔吗？尽量找张大点的纸。"

第二章 "伦敦桥和老鹅妈妈"房间

"我有信纸。"

菜穗子走进卧室,从包里拿出信纸和钢笔,信纸的右上角印着一只啄木鸟。

菜穗子将两样东西放在桌上后,真琴撕下一张信纸放在高濑面前。接着,她取下钢笔的笔帽放在一旁。

"这是做什么?你们不会是打算让我写保证书吧?"

真琴丝毫不为高濑的玩笑话所动。

"请再画一次她哥哥当时要求你画的东西吧。"

"当时的东西?就是这座山庄的平面图而已啊,有什么特别的吗?"

高濑盯着两人的脸看了好一会儿,然后才露出恍然大悟的神情。

"你们听说了咒语的事情,对吧?是老板还是大厨说的?"

真琴点点头道:"还有上条先生。"

高濑扑哧一声笑了起来。

"你们听上条先生说过了啊,原来是受了他的影响。其实,一开始根本没人在意所谓的咒语。可是他知道了以后,就开始添油加醋地到处宣扬。我想你们大概也已经有所耳闻了吧,其实那个咒语真的没什么大不了的,只是前任房主的幻想而已。"

"没关系。"真琴又将信纸往高濑的面前推了推,"先请画出来吧。重要的是,原公一对那个咒语很感兴趣。"

真琴的嘴角挂着微笑,眼神却异常锐利。高濑有些为难地看着菜穗子,可菜穗子眼中的坚定丝毫不逊色于真琴。

"拜托了。"菜穗子说道。

她努力压抑自己的情绪,声音却显得格外紧绷。无奈之下,高濑只好拿起了笔。"我觉得这事与你哥哥的案子毫无关联。"他一边说着,一边画了起来。

——第一步。

菜穗子凝视着高濑的双手,脑海中突然浮现出这句话。

第三章
长犄角的马利亚

他开始说了,虽然脸上没有一滴汗,却还是用毛巾擦着额头。所有人都看得出来,他是在努力让自己冷静地讲述事实。

1

晚餐后的休息室。

此时，山庄里所有的客人全都聚集在这里，可能是因为回到房间后也无事可做吧，不过他们似乎都很期待和久违的老朋友们叙叙旧。

菜穗子和真琴也找了位子坐下。

老板、久留美、医生夫人、高濑，以及菜穗子和真琴在晚餐时才第一次见到的男人——大木先生，此时正聚在一起玩扑克牌。五个人的洗牌技术相当了得，看起来牌技都十分精湛。尤其是老板，他玩牌的手势更是极其老练。不多久，他面前就已堆满了筹码。

看到菜穗子后，大木朝她轻轻挥了挥手，但菜穗子选择了无视。因为晚餐时，大木给她留下的第一印象实在是太差了。

"我也在东京上过大学，和你们的前辈关系都很好哟。"

刚刚吃饭时，大木在菜穗子对面一坐下，就一副自来熟的模样侃侃而谈了起来。说了很久后，这个看着不到三十岁的男人才想起做自我介绍。他个子很高，微鬈的头发被他随意拢到脑后，皮肤黝黑，看起来就像一个运动员。他确实长得很俊俏，甚至不输明星。从见到他的第一眼开始，菜穗子就觉得这是个颇以容貌为傲的男人，只是他本人似乎完全意识不到这一点。

第三章 长椅角的马利亚

"我在大学时打过网球,现在也偶尔会打。要是二位想学,我倒是可以稍微指导指导。你们喜欢打网球吗?"

他大概觉得只要提到网球,就没有哪个年轻女孩不会为他所倾倒。当然,也许到目前为止,他都没有失手过。菜穗子深吸了一口气,她可不想被人当成那么肤浅的人,答道:"我讨厌网球。"菜穗子语气不善,但神情却显得谦逊有礼。大木露出难以置信的表情,仿佛在说他就没见过这么傻的女孩。

"讨厌?怎么可能?只是还没试过吧?你应该先试试的。现在哪有年轻人不打网球的啊!"

他的脸上写满了自信。菜穗子在心里翻了个白眼,哪有人会在听到别人的好恶后问"怎么可能"啊!要是真琴在旁边,只要狠狠瞪一眼,就能让他灰溜溜地离开。偏偏大木看准了真琴不在的时候过来搭讪。

"你每年都会来这里吗?"菜穗子硬是换了一个话题。

"嗯,每年一到这个时候就到处人满为患,反倒是这里的氛围很适合独自旅行。"

"那你应该也听说过'幸福的咒语'吧?"

听菜穗子提起她从大厨那里听到的事情,大木有些惊讶地问道:"咒语?"

"《鹅妈妈童谣》的……"

大木这才像听懂了似的点了点头。不过,菜穗子总觉得他的神情有些不太自然。

"你是说那童谣吧?我还以为什么事呢……我向来对那种东西不感兴趣。偷偷告诉你啊,我觉得那根本就是这座山庄为了揽客而编的故事。要是当真可就太傻了。"

"但听起来就像真事一样。"

"只是编得很完美罢了。不过你若不愿意打破这种幻想，也可以换个角度来想。比如幸福现在掌握在别人手中，咒语已经失效了。"

"在别人手中？"

"只是这么想想而已。"

就在此时，真琴回来了。大木看了真琴一眼，说了句"回头见"后就起身离开了。与真琴擦身而过时，大木对她笑了一下。那笑容与他方才面对菜穗子时如出一辙，感觉就像曾接受过专业训练似的。这男人不简单，菜穗子不由得心想。

"对了，我今天看到了一幕很有意思的光景。"大木单手拿着扑克牌对众人说道。他故意提高了音量，不知道是不是为了引起菜穗子的注意。

"看见什么了？"医生夫人问道。

"傍晚的时候，我在后面的山谷里散步，突然一只乌鸦飞了过来，不停地在泥土里啄着。您说，它到底在做什么呢？"

"乌鸦？会不会在找蚯蚓之类的食物呢？这方面的问题，还是得请教一下江波先生啊。江波先生，您觉得呢？"

夫人似乎对江波先生极为推崇，称他是研究虫类和鸟类的博士。此时，这位博士正坐在柜台旁的椅子上，一边喝着百威啤酒，一边与大厨聊天。他不时地把花生丢进嘴里，偶尔也会被大厨的话逗得哈哈大笑。江波是被医生夫人喊来玩扑克牌的，所以大概也算是牌友之一。

第三章 长椅角的马利亚

大概是没想到突然会被人喊，江波惊讶地转过身，有些磕磕巴巴地答道："不……我不太懂这个。"

吃饭的时候，菜穗子和江波坐得很近，所以和江波聊了几句。他说话时的语调不高，但并不是不善言辞之人。无论问他什么问题，他都能精准地答到点子上。回答自己做什么工作时，江波表示他在一家建筑公司上班。结合他今年快三十岁的信息来看，他应该是公司里的中层员工吧。他长得温文尔雅，皮肤也还算白皙，脸形和双眼皮搭配，看着十分和谐。菜穗子觉得，他从前应该也是个英俊少年。

回到山庄后，江波应该马上就去洗了澡，此刻身上还散发着香皂味。

"您今天白天是去做什么了呀？"

菜穗子说的是自己今天和真琴在山庄后面散步时曾看到过他的事。

江波结结巴巴地答道："啊，就是……就是想看看有没有小鸟什么的。"

这一次，他避开了菜穗子的目光。

医生坐在壁炉前的特等座位上，聚精会神地盯着棋盘。他的对手是上条。早在太阳还高悬在空中时，他们就已经这样面对面地坐着了。菜穗子和真琴用只有她们能看懂的眼神对视了一眼后，一起向棋盘的方向走去。

"我们可以观战吗？"

上条似乎被菜穗子的话给感动到了，就连鼻孔都鼓了起来。

"哎呀，当然可以啊。据说要是有美女在旁边加油，脑瓜子都会变得更灵活呢！二位要不要喝点什么……"

"不用。"真琴用毫无感情的声音答道。

不过上条完全不以为意，只是看着真琴问道："你会下西洋棋吗？"

"会一点。"

"那就好。"

说完，上条的注意力就又转向棋盘了，因为医生开始移动棋子了。上条瞥了一眼棋盘，不到两秒就走好了下一步棋。然后，他又转头看向真琴说："要不咱俩下一盘？"

"下次吧。"真琴敷衍道。

接下来，菜穗子和真琴都没有再说话，正在对弈的两个人也只是默默地移动棋子。话虽如此，但其实大部分时间都只是医生一个人在苦恼、焦虑而已。

至于上条，他只不过是悠闲地抽着烟，偶尔移动一下棋子罢了。上条每动一步，医生就得皱眉思考很久。

"你的走法也太特别了吧。"医生交叉着双臂感叹道。

对弈期间，差不多都是医生在说话，而且说的基本都是这句话。菜穗子觉得医生这话听着不像是佩服对手，更像是在讽刺对手。

"是吗？"上条慢悠悠地答道。说完，他便趁医生思考的间隙，扭头看向旁边玩牌的那些人，似乎他更关心那边的战况，而不是自己面前的棋局。

"你这都违背了基本走法吧？"

"没有啊。"

第三章　长犄角的马利亚

"可是，哪有人会把骑士放在这种地方啊？"

"是吗？但我觉得这一步走得很妙啊。"

"是吗？"医生自言自语了一声后，再次陷入了思考。闲得无事可做的上条与菜穗子对视后咧嘴一笑。他的一口牙齿排列得异常整齐，整齐到让人甚至有些毛骨悚然，似乎比其他人要多出几颗。菜穗子总觉得他的牙像极了钢琴的琴键。

"我们已经听说了那些房间名的来历。"

见上条落下棋子后，真琴开了口。菜穗子她们过来本就是为了和上条聊几句。

上条"哦"了一声，问道："老板说的？"

"不。"真琴答道，"是大厨告诉我们的。"

上条闻言，一边看向隔壁牌桌，一边低声笑道："老板不开心了吧。每次一谈到这个话题，他就会变得喜怒无常。"

"哪个话题？"医生拿着主教棋问道。他原本还在思考下一步该怎么走，一听上条聊起这个，便也有些不甘寂寞地想加入话题。

"就是那个咒语嘛。我跟这两位小姐也说过了。"

医生闻言一脸厌烦。

"怎么又是这个？这话题陈旧得都快发霉了吧。估计现在也就只剩你还有兴趣了。"

"我只是还拥有一颗纯真的好奇心罢了……所以，您手里的主教棋准备放哪儿呢？哦，那儿是吧？那我就……走……这里。"

上条很快就走完了下一步棋。

"大厨也说过那个咒语没什么特别含义。为什么你会这么感兴趣呢？"

菜穗子和真琴现在最想弄明白的就是这个问题了。

上条难得地正色道："因为我从来不认为那个咒语真的没有任何含义。尤其是对英国人来说，《鹅妈妈童谣》已经成了他们生活中的一部分。所以我觉得，他们一定是想借此传达出什么信息。可惜其他人却对此兴趣乏乏。冷漠，也算是一种现代病吧？"

"去年死掉的那个人呢，他是什么态度？"菜穗子问道，她已经尽量装作若无其事了，但耳朵还是不由得有些发烫，"我记得你说过，那个人经常找你讨论这个话题。"

医生比上条答得更快："说起来，那个年轻人好像确实对咒语很感兴趣，是受了你的影响吧？"

"咒语是一回事，更重要的是，他好像发现了藏在壁挂中的其他秘密。"

"不只是咒语？"真琴又问道。

"嗯。我听他说，那个咒语实际上应该是密码。那么，《鹅妈妈童谣》很有可能就是藏宝图密码，只要解开密码，就能找到宝藏。所以，那个英国女人才说是幸福的咒语。"

果真如此！菜穗子听到这里忍不住暗暗激动了一下，看样子她们的猜测应该是正确的。就在刚刚，她和真琴想到了一个新的可能性，那就是公一一直在调查咒语之事。之所以会这样想，一则是因为公一曾让高濑画过山庄的示意图，二则是因为公一给菜穗子寄的那张令人费解的明信片。正如上条所说，主修英美文学的公一听说《鹅妈妈童谣》后，绝对不可能无动于衷。

第三章　长椅角的马利亚

——而且上条还用了"密码"这种说法。

菜穗子心想，就算没有《鹅妈妈童谣》，仅凭"密码"二字，就足以让公一为之疯狂了。他是个就连看悬疑小说都能挑出一堆毛病的人。

"那么……他后来解开咒语的秘密了吗？"

听到真琴的问题，上条和医生都摇了摇头。他们应该不是没听懂真琴的问题，而是不知道公一到底解开了没有。

"我想起来了，当时他来过我那个房间好几次，每次都一直盯着墙上的壁挂看，还说了一些奇怪的话。"

医生举着食指，动了动嘴，这应该是他回忆事情时的习惯动作。

"对了，他好像提到过'黑色的种子'，还是'黑色的虫子'来着……不对，是'黑色的种子'。"

"黑色的种子？还有别的吗？"

菜穗子尽量控制自己的情绪，但还是不由自主地提高了音调。

"记不清了，毕竟是一年前的事了。"

"区区一年前而已，还是要记住啊。好了，将军！"

上条叫将后，医生也止住了方才的话题。不过菜穗子觉得已经很有收获了，至少她们的方向没有弄错。

"走吧。"

在真琴的催促下，菜穗子也跟着站了起来。

2

十一点过后,菜穗子和真琴分别爬上了自己的床。关灯后没多久,真琴那边就传来了规律的呼吸声,而菜穗子则在被子里翻来覆去了好一阵子。从早上离开东京开始,她们经历了很多事,不累是不可能的,但不知为何,菜穗子此刻脑子无比清醒,就像嚼了薄荷叶似的。各种念头浮现在她的脑海里,然后又消失不见。矮胖子、两年前的事故、石桥、伦敦桥……

——石桥?伦敦桥?

这个联想让菜穗子怔了好几秒。医生夫人当时怎么说的来着,伦敦桥无论重建多少次都会被冲毁,最后是用了石块来建造……没错,就是这个意思。是巧合吗?应该是……吧。而且就算不是,那又如何呢?

紧接着,她又想起了《玛丽有只小羊羔》那首童谣。

住在这座山庄里的尽是些奇怪的客人。上条、大木、江波、医生……高濑……不对,他不是客人。还有扑克、西洋棋……

薄荷叶的效果终于慢慢消失了……

菜穗子醒来时,天还没亮。与昨晚睡前一样,黑暗中传来了真琴规律的呼吸声。菜穗子呼出一口热气,她感觉自己的舌头都快变成海绵了,喉咙更是干得发痒。这大概就是她突然醒来的原

第三章　长椅角的马利亚

因吧。第一次睡在一年前哥哥去世时所躺的床上，这样的夜晚会让人感到口干舌燥吗？

她蹑手蹑脚地爬下床，赤脚穿上运动鞋后，艰难地走到了门口。四周一片漆黑。菜穗子走到客厅，开灯看了看桌上的时钟。那个老式扬声器模样的时钟，此刻时针正好指向两点的位置。

菜穗子在睡衣外面套上滑雪服后，悄悄地离开了房间。虽然到处都点上了夜灯，但走廊里依旧十分昏暗。她快步朝休息室走去，生怕有人会从后面搭上自己的肩膀。

休息室里的空气似乎凝固了。西洋棋、扑克牌、双陆棋散发的气息，似乎还各自停留在上方的空气中。经过放置双陆棋的桌子，菜穗子来到柜台前。

她给自己倒了一杯水，刚关上水龙头就听到了开门声。仔细一听，好像是从厨房里面传来的。菜穗子知道那里有扇后门。可谁会在这个时候进出呢？她按下心中的疑惑，迅速躲到柜台后面。事实上，就连她自己也不知道为什么要这么做。

厨房有两个出入口，一个在柜台边，另一个在走廊一侧。脚步声断断续续，似乎那人也在努力不发出声响。菜穗子迅速转动脑筋，要是那人走向柜台，自己该怎么办呢？如果被发现了，自己要找什么理由搪塞过去呢？好在她担心的事情并未发生，从后门进来的人又从走廊一侧的那扇门走出去了，然后越走越远。准确来说，走廊上并没有传来明显的脚步声，那只是菜穗子的直觉而已。等那个人的气息远去后，菜穗子又蹲了一会儿才站起身。

四周和她刚才看到的没什么两样，可她总觉得这里的空气被搅乱了。扑克牌、西洋棋和双陆棋的气息全都混在了一起。她喝下杯中的水后就匆匆回房间了。在她掌心温度的加热下，那杯凉水已经变成温水了。

一回到房间，菜穗子就马上钻进了被窝。一种莫名的不安感袭上她的心头，可她偏偏又想不明白这种不安从何而来，就愈加不安了。

就在这时，墙外传来了声响。

是隔壁房间！关门的声音，还有人在走动的声音。菜穗子惊得屏住了呼吸。

"是'圣保罗'那间吧。"

黑暗中突然传来了真琴的声音，这让菜穗子忍不住轻轻尖叫了一声。

"左边的房间应该就是'圣保罗'吧？"

菜穗子一边回忆山庄示意图一边点了点头。当然，真琴看不到她刚才的动作。

"谁住那个房间来着？"

真琴仿佛早就心中有数似的，打了个大大的哈欠。

"是大木。不过三更半夜的，他在跟谁约会呢？"

第二天早上，菜穗子从噩梦中醒来。那是个把她吓出一身冷汗的噩梦，可醒来后她竟完全不记得了。她有些不甘心，躺在床上努力搜寻着记忆，却连一丝一毫都回忆不起来，梦里发生的事就像被一阵大风刮走了似的。

第三章　长椅角的马利亚

真琴的床上空无一人。她的包敞开着,露出了一个蓝色的塑料小包。菜穗子见过这个小包,那是真琴用来放洗漱用品的,在大学小卖部里花三百五十日元就可以买到。看到小包,菜穗子连忙跳下了床。

到浴室时,真琴刚洗完脸,正一边用白色毛巾擦脸,一边向外走着。看到菜穗子后,她微微抬了抬右手,刘海上的水珠在清晨的阳光下闪闪发光。

"早。"

听到菜穗子的声音,真琴轻轻点了点头,然后用下巴指了指浴室里面。大木正站在那里。

他正一边用脸盆接热水,一边呆呆地看着窗外。也不知道他在想些什么,连热水满了都没有发觉。

菜穗子慢慢走了过去,对着他的侧脸说了句:"早上好。"大木像打嗝一样抽搐了一下后连忙关掉水龙头。

"啊……早上好。"

"你这是怎么了?"菜穗子看着他的脸问道。

大木连忙笑着摇了摇头。

"没什么。只是站着做了个梦而已。"

"昨晚睡得很晚?"

"嗯。"

"你昨晚好像出去过吧?"

她本是随口一问,结果大木听完立即睁大了眼睛。从那不断颤抖的眼眸中不难看出,他此刻十分狼狈。

"你看见了?"

"不，呃……"

这下轮到菜穗子手足无措了。虽然她知道自己根本无须惊慌，可一看到大木那张严肃的脸，昨晚那种莫名的不安感便再次涌上心头。

"半夜醒来时，我听到了你回房间的声音。"

她好不容易才说出了这么句话来。"是吗……"大木答道，依旧紧绷着一张脸。菜穗子有些害怕地低下了头。

"昨晚睡不着。"过了一会儿，他用有些生硬的语气说道，"所以半夜出去散步了。"

"这样啊。"菜穗子说道。气氛有些尴尬。

大木拿起洗漱用品说了句"先走了"，然后就沿着走廊快步离开了，看着就像是落荒而逃。

等他走远后，真琴才走到菜穗子身边说："他很奇怪。"

"是的。"

"他大概遇到什么问题了吧？"

"嗯……"

菜穗子点点头，看着大木留下的一池子热水。

今天的早餐菜单上写着：炒鸡蛋、培根、蔬菜沙拉、南瓜汤、牛角面包、橙汁和咖啡。和菜穗子她们一起用餐的是医生夫妇和上条。江波和大木似乎已经吃完早饭出门了。高濑不时出现，为客人们补充牛角面包和咖啡。

"昨晚睡得好吗？"坐在旁边的夫人问道。她还没有化妆，看

第三章 长犄角的马利亚

着就和町内会[1]的大妈们没什么两样。

"挺好的。"真琴答道。菜穗子没有说话。

"不愧是年轻人啊,居然能在那个房间里睡着。真是厉害。"

医生一边发出奇怪的感慨,一边用指尖将牛角面包撕成碎片后送进嘴里。

好机会!菜穗子决定顺着医生的话往下问。事实上,她本就打算找熟客们打听哥哥那个案子的详细情况,却又担心贸然发问会引起他们的怀疑。

"去年那个人自杀时,您在做什么呀?"

虽然菜穗子尽可能用唠家常的语气提问,但她的声音还是微微有些上扬。不过,医生似乎没有察觉到什么。他一边嚼着一边点了点头,然后动了动纤细的喉咙,将牛角面包咽了下去。

"也没做什么,就是帮忙做了尸检。这里这么偏僻,听说客人中正好有个医生,他们都一副得救了的表情。"

"医生当时酷极了。"上条在一旁揶揄道,"就像在拍侦探剧一样。"

"是的,他还给刑警们下达指令呢。"夫人接话道。

"我可没有发出过任何指令啊,只是说了自己的检查结果而已。"

"当时是您判定为自杀的吗?"

问得好!菜穗子看着真琴的侧脸,暗暗在心里夸了她一句。

---

[1] 相当于中国的居委会。——译者

医生摇了几下头，脸上一副喝了苦水的模样。

"我当时给出的是一个非常诚实、客观的意见——我不确定。尸体旁边放着毒药，很明显他是服毒身亡的。不过也仅此而已。没有任何证据可以表明他是自愿还是被迫服毒的，或者只是不小心误服的，毕竟他当时已经成了一具不会动也不会说话的尸体。"

"听起来很有诗意。"

上条举起了咖啡杯。菜穗子根本不打算理睬他，瞥了他一眼后就立即拉回视线，继续看着医生。

"那么，自杀这个结论是警方判定的？"

"当然啊。但我和警方说过，我个人认为误服毒药和他杀的可能性不大。首先，死者误服毒药的可能性不大；其次，这座山庄里应该没有那种刚认识就把对方杀死的疯子吧。"

"您这更像是希望，而不是意见呢。"

大概是见惯了上条的这种反应，医生并未露出不悦的神色，只是平静地对他说道："是希望，也可以说是信任吧。你说得没错，不过警方也不会随意到把我们的希望写进记录里。他们之所以会如此判定，主要还是基于现场的状况，以及与那位年轻人有关的其他信息。所谓现场的状况，指的是房间的门锁……"

"是从里面锁上的。"夫人似乎有些不甘心让话都被丈夫一个人说完，连忙瞅准时机插嘴道，"而且，备用钥匙可没那么容易拿到。如果是他杀，那可就是密室杀人案了。"

说到这里，夫人的双眼闪闪发光，就像是在说什么令人骄傲的事情一样。

好不容易等到她闭上嘴巴，医生连忙继续往下说："警方似乎也询问过很多人,结果发现只有那位年轻人将自己锁在房间里这一个可能性。另外,调查结果显示那位年轻人有比较严重的神经衰弱,所以存在自杀动机。我想警方应该就是基于这些证据做出的判断吧。"

"站在医生的角度,您是怎么看待这件事的呢?"

菜穗子不自觉地提高了声量,意识到这一点后,她连忙又刻意压低了声音。

"就是,您也觉得他有严重的神经衰弱吗?"

或许是对她的问题很感兴趣,医生又回到了一贯的沉稳模样。

"从医生的角度看,我记得他当时的精神状态还算正常。所以警察告知这个结果时,我觉得很意外。至少在我看来,他并不像是有严重神经衰弱的人。"

"我也这么觉得。"夫人接话道,"他人很好,和我一起打过牌,虽然牌技不怎么样。"

"大木君应该是唯一一个觉得死者有严重神经衰弱的人吧。我和夫人的看法一样,也觉得他人很好。"

上条不经意间的一句话,引起了菜穗子的注意。

"大木说那个人有严重的神经衰弱?"

"倒也没有明说啦。那位年轻人很聪明,看起来也很博学,大家都很佩服他。大木那个人呢,素来觉得自己又高又帅很有魅力,表现欲也特别强,大概是不甘被抢了风头吧。我觉得大木会认同那位年轻人有严重神经衰弱的说法,只是想借此削弱他在大家心中的形象吧。"

"……"

真是这样吗？菜穗子不免有些疑惑。还是说，大木另有所图？

"嗯，旅行嘛，难免会遇到很多事情。"见菜穗子默不作声，真琴连忙开口掩饰过去，"当然，要都是好事就再好不过了。"

"可不是吗？"

夫人一边说着，一边喝完了碗底的汤。菜穗子不免有些担心那碗汤已经凉了，不过看夫人倒是喝得津津有味。喝完后，夫人看着大家问道："对了，你们今天打算去哪里玩啊？要是想出去活动活动，可以去滑冰哟。"

真琴表示暂时还没想好。话音刚落，一直默默喝着咖啡的上条就露出了一副突然想起了什么的表情。

"对了，昨晚大木君很兴奋地说今天要带二位走走。正如你们所看到的那样，他就是个很积极的人。"

真琴在菜穗子旁边耸了耸肩，说："他确实很积极。"

"你们今天有什么打算吗？"

其实菜穗子想问的是医生夫妇，但回答的人却是上条。

"我们得先把棋下完。"

"棋？"

"昨天和医生下了一半的棋啊，还没分出胜负呢。"

菜穗子惊讶地看着医生。

"昨天的战况如何？"

医生眨了眨眼角有些下垂的眼睛。"昨天只下了一盘而已。"

"只输一盘是不会让他放弃的。"上条有些不耐地说道，"我还得赢他十九盘才行。"

第三章 长犄角的马利亚

吃完早饭,菜穗子和真琴在山庄附近散了散步。一条蜿蜒的步道从山庄前面一路延伸至树林里。昨晚又下雪了,步道上覆盖着大约十厘米厚的新雪。穿着雪地靴踩上去,能听到轻微的沙沙声。前方没有脚印,应该不会遇见江波或大木。

"你怎么看?"真琴边用脚尖踢雪边问道。

"你指的是什么?"

菜穗子不太明白。真琴有些欲言又止地摸了摸头。

"就是你哥哥的事。医生说他看起来不像是有严重神经衰弱的人。"

"唔……"

菜穗子将双手插在外套的口袋里走着,沉默了好一会儿,偶尔还会因脚下传来踩碎雪块的感觉而打断思路。

"我想相信他们的话。至少他们的话可以证实我的想法,我一直觉得哥哥不是自杀的。更何况,如果到死都被贴上有严重神经衰弱的标签,他也实在太可怜了。"

真琴没有说话,过了好一会儿,才自言自语般低声说道:"我明白了。"

"我唯一觉得可疑的人是大木。只有他一个人认为我哥哥有严重的神经衰弱。他这么做,会不会只是为了坐实自杀的推论?"

"你的意思是说,公一是他杀的?"

"我现在还不敢确定……但我总觉得他身上有很多可疑之处。昨晚的事也一样。半夜散步,你不觉得很奇怪吗?而且,我刚刚就在想,大木是在我上床后才回房间的,对吧?那也就意味着,我躲在柜台后面时,从后门进来的另有其人。也就是说……"

"也就是说大木不是一个人。"

"别说得这么随意啊。"

菜穗子鼓着脸抱怨了一下。

步道与山庄前面的车道平行，只要沿着它走上两百米左右就能走上主路。说是主路，其实也没什么值得一提的东西。沿着主路往上走，最终通往的也不过是条越来越窄的山路；往下走，也只能通往那个简陋如马厩的小车站。

两人在快到主路的时候折返了。无论怎么走，这儿的风景都千篇一律——积雪，白桦，从树林间洒下的晨光，以及断断续续的鸟鸣声。

往回走了大约一半的时候，两人正好遇上开着单厢车回来的高濑。

高濑小心翼翼地将车停下，打开车窗说道："我去接客人了。一共四个人。这下所有的房间都被住满了。"

"什么样的客人？"真琴问道。

"其中有一对夫妻，他们会住在'鹅与长腿老爷爷'房间。另外还有两个男客人，是来这儿滑雪的。"

"那这两个人住哪个房间？"

"'启航'那间。"

高濑说完，再次踩下了油门。单厢车看着十分笨重，但开在路上却意外地平稳。

走出步道后，菜穗子和真琴与昨天一样绕到了山庄后面。这里倒是留下了一些脚印，不过两人都没有对此发表任何看法。

石桥依旧是断开的样子。这座崩塌的石桥在菜穗子看来，就

第三章　长犄角的马利亚

像一对面对面站着的巨龙父子正凑在一起说着什么悄悄话。

"之前都没发现啊。"真琴看向东边说道，菜穗子也转头看了过去。

"那边的山居然离我们这么近。"

"是啊。"

东边的山不算高，两座形状相似的山峰并排矗立着，而太阳此刻正好悬在两座山峰之间。

"好像驼峰。"真琴突然说道。菜穗子也这么觉得。

菜穗子战战兢兢地走到崖边，俯瞰了一眼谷底。在清晨的阳光下，石桥的影子落在谷底，"巨龙父子"的影子似乎凑得更近了一些。

要是再往前一步，估计就会被吓得魂飞魄散了，想到这里，菜穗子赶忙往后退了几步。她向来恐高，又高又冷的地方就更让她害怕了。

真琴蹲在石桥下面，凝视着桥下。见菜穗子走来，真琴指了指石桥的背面。

"你看这是什么？"

菜穗子越过真琴的肩膀看了过去。桥下好像藏着一块宽木料。真琴一边留意脚下，一边探出身子抽动木料。从她用力的样子可以看出，木料的分量不轻。

拉出来后一看，这是一块长约两米的方木。方木厚约五厘米，宽约四十厘米，所以称为木板可能更合适。菜穗子看不出这木料的好坏，但能看出来它比较新。

"这是做什么用的呢？"

真琴用右拳轻轻敲了敲木板，声音很清脆。

"估计是用来做家具之类的吧。这座山庄里不是有很多手工制品吗？"

听菜穗子说完，真琴想了想，呢喃了句"也许吧"后又将木板一把推回桥下。

两人回到山庄，只见医生还在休息室和上条下棋，而夫人却不见人影。正在壁炉前看报纸的老板见到她们后，热情地打了个招呼。

她们沿着冰冷的走廊往房间走去。走到门口时，真琴对着走廊尽头的方向努了努嘴。

"去那边看看？我们还从没去过那边呢。"

到目前为止，两人只去过"伦敦桥和老鹅妈妈"房间，其他房间都只在山庄的示意图上看过。菜穗子点头同意。

从走廊一路过去，第一间是"启航"，再往里是大木住的"圣保罗"，接着是菜穗子和真琴住的"矮胖子"。再往里走的一间，其房门口的牌子上刻着"鹅与长腿老爷爷"。显然，"鹅与长腿老爷爷"与"伦敦桥和老鹅妈妈"一样，都是上下两层结构。

"鹅与长腿老爷爷"的下一间是"风车"，也就是现在上条住的地方。

"当风起时，风车转；当风止时，风车停。上条是这么说的吧？"菜穗子回忆道。这样的童谣确实很好记。

"这些童谣唱的都是些稀松平常的事情。"

"这大概也是《鹅妈妈童谣》的特点吧。"

两人从"风车"房间前路过。

第三章　长犄角的马利亚

走廊在前边向左拐了个弯，转角处，也就是"风车"房间旁边有一处两米见方的空地。那里摆着一张黝黑发亮的圆桌，看起来应该有些年头了，墙上挂着一幅像是涂鸦出来的抽象派油画。

"菜穗子，你看这个。"真琴指着墙边的架子喊道。

菜穗子连忙走了过去。真琴拿起一个看着像保龄球瓶的东西，仔细一看是个木雕人偶，大小与一升装的可乐瓶差不多。

"是马利亚。"

"嗯？"

菜穗子一时没反应过来真琴话中的意思。马利亚……什么时候回家？……哥哥的明信片……

"给我看看。"

菜穗子接过人偶，感觉它沉甸甸的，仿佛承载了逝去的岁月一般。人偶的头上包着一块头巾，怀里抱着一个婴儿。

"没错，就是马利亚。"

"公一明信片上提到的马利亚，会不会就是这个？"

"嗯……"

菜穗子再次端详起手里的马利亚雕像。马利亚的面部表情很沉稳，如果它是外行人的雕刻作品，那这人的技术也算是相当了得了。突然，菜穗子发现这尊马利亚雕像有些奇怪。可以说，它与这个世界上任何一尊马利亚雕像都不一样。

"这马利亚……长犄角了。"

"啊？怎么会？"

大概是没有想到马利亚会和犄角扯上关系，所以真琴刚才根本没注意到这里。菜穗子将雕像递到了真琴眼前。

"你看额头这里,是不是有个小小的突起?应该是犄角吧?"

"这……长犄角的马利亚……我从来没听说过啊。"

真琴没有再说下去了,大概是因为她也找不到合理的解释。她疑惑地用指尖抚摸着雕像突起的部位。

"我也不太确定,但这会不会只是一种装饰呢?可是不管怎么说,长犄角也太奇怪了。"

"确实有这个可能,但是……"

菜穗子将马利亚雕像转向自己。雕像的额头上有处米粒大小的突起。有这样的装饰品吗?不过就算再怎么讨论,想必当下也找不出合理的解释。"好奇怪啊。"菜穗子低声说着,将它放回了架子上。

在走廊的尽头左转,就是山庄的最后一个房间了。深棕色的木门上挂着一块刻着"杰克和吉尔"的牌子。

"这个房间是'杰克和吉尔'啊?"

"也就是江波住的房间。"

看样子真琴早就仔细调查过这些了。

菜穗子和真琴回到房间继续研究山庄示意图时,高濑带着新入住的客人回来了。就在两人感慨高濑将山庄示意图画得非常准确时,休息室里突然传来了嘈杂的说话声。大约十分钟后,敲门声响起。"打扰了。"是高濑的声音。真琴起身开了门。

"今晚我们要举办一个小型的派对,二位愿意一起参加吗?"高濑神采飞扬地说道,"熟客们全到齐了,往年也都会这样,而且大木先生明天一早就要回去,所以机会只剩下今晚了。"

第三章　长犄角的马利亚

"大木要回去了？"菜穗子有些惊讶，"我怎么没听他说起过？"

"从预约的时间来看，他应该要再待几天才是，也不知为什么突然说要走。"

高濑似乎也不清楚其中的缘由。

两人表示愿意参加派对，并希望高濑能送她们到附近的滑雪场去一趟。在回东京之前，至少得拍一张站在滑雪场上的照片，否则父母问起可就不好解释了。

前往滑雪场的途中，三人坐在高濑驾驶的车中聊了起来。

"有什么收获吗？"高濑手握方向盘，看着前方的道路问道，声音听起来有些战战兢兢的。不过菜穗子坐在后排，看不到高濑的表情。

"不好说。"真琴回答道，"情况倒是打听了不少，有没有价值就不知道了。说不定完全是徒劳无功。"

"查到有关'鹅妈妈'咒语的线索了吗？"

可能是昨晚突然被要求画山庄示意图，高濑似乎也愈发关注起这件事了。

"暂时还没有。"

"是吗？"

那语气听起来像是在说"我就知道"一样，不知道这个质朴的年轻人如何看待两个女大学生沉迷于调查陈年自杀案的这种行为呢——不过菜穗子还是决定不深究了。

"高濑先生，你在'鹅妈妈'工作多少年了呀？"菜穗子突然想到了这个问题。

高濑顿了顿才答道："两年了。"

他没有马上回答,应该是在心里计算了一下吧,菜穗子心想。

"那你是一直住在山庄里吗?"

"嗯,差不多吧。"

"差不多?"

"因为偶尔也会去静冈几天。我妈妈在大学宿舍帮忙煮饭。不过我很少过去。"

"那你老家是哪儿的?"

"我以前住在东京。不过我除了妈妈外就没有什么亲人了,所以也就不存在什么老家。"

从高濑的年纪来看,他应该是在高中毕业后的第二年来"鹅妈妈"工作的,之前可能也在其他地方工作过。不过,能如此坦诚地与人谈论自己的经历,倒是让菜穗子不免对他有了新的认识。

"两年前,也就是坠崖事故发生的时候吧?"真琴问道。

高濑顿了顿,小声答道:"是的。"

"当时,你已经在这里工作了吗?"

"还没……"

正说着,车子猛地向左转,菜穗子被甩到了右侧车门上,左边的真琴也被甩得贴在菜穗子身上。

"不好意思。"高濑连忙道歉,"那件事过去很久以后我才来这里工作的。大概……过去了两个月吧……"

"这样啊……"

菜穗子看了一眼真琴的侧脸。真琴咬着下唇,这是她思考时的习惯动作。

车子最终在缓坡底的缆车出发点附近停了下来。左侧是缆车

第三章　长椅角的马利亚

站，约有十几个滑雪者正在排队等候；右边是停车场，看起来应该能容纳几十辆汽车。

"我五点左右过来接你们。"高濑说着便开始掉头。

真琴看着厢型车的车尾，一副欲言又止的模样。可当菜穗子询问时，她又只是摇了摇头说："没什么。"

两人在附近的商店里租了滑雪装备，坐上缆车沿斜坡缓缓而上。出门的时候，为了不让父母起疑心，菜穗子其实带上了自己的滑雪板，不过背着实在是太笨重了，就把它们全都放在真琴的公寓里了。

从缆车上看，那些身着各色滑雪服的人，就像弹珠一样四处滚动着。菜穗子是在进入大学后才学的滑雪，不过她很快就爱上了这项运动，而且每年都会去雪山五六次。换作平时看到这样的风景，她一定会觉得欢欣雀跃。

两人用菜穗子随身携带的袖珍相机互相为对方拍了三张滑雪照片，又请一个学生模样的男孩在主滑雪道底部的小屋前给她们拍了合照。那男孩将相机还给菜穗子时，似乎还想攀谈几句，不过看了真琴一眼后，最终还是什么也没说。他大概摸不准真琴究竟是男人还是女人，也就无法判断真琴和菜穗子是不是恋人关系吧。真琴戴着墨镜，而且因为体格高大，她身上穿的是男士滑雪服。

在山间木屋的咖啡厅里喝了啤酒，吃了点心，消磨了近一个小时后，两人滑了大约两个小时的雪。接着，两人又去另一家咖啡厅喝了咖啡，再滑了两个小时雪后，差不多就到和高濑约定的时间了。

"滑得尽兴吗?"两人上车后,高濑问道。

"还可以。"真琴回答道。无论是提问者还是回答者,声音中都没有任何感情。

3

六点,派对准时开始。派对采用的是立食派对[1]的形式,每张桌子上都摆满了大厨做的招牌菜,椅子也被搬到了墙边。用香槟干杯后,众人又一瓶接着一瓶地打开了葡萄酒。

直到这时,菜穗子和真琴终于见到了今天刚刚抵达山庄的芝浦夫妇。丈夫芝浦时雄约莫三十五六岁,相貌英俊,态度谦逊,应该是个脾气不错的人。和他的脸比起来,他鼻子上的那副圆框眼镜显得有些小。夫人佐纪子是个细长脸形的美人,似乎不怎么爱说话,一直跟在丈夫时雄身后,从不主动开口。不过她的脸上始终带着微笑,所以并不会让人觉得阴郁。从两人的对话中得知,他们已经结婚五年了。

芝浦说他是个眼镜批发商,从眼镜工厂进货然后卖给零售商店。"也就只够糊口罢了。"他眯着眼镜后的小眼睛说道。

今天来的除了芝浦夫妇外,还有两个年轻的上班族。两人总

---

[1] 站着吃自助餐。——译者

第三章 长犄角的马利亚

是有意无意地靠过来,似乎一直在等菜穗子落单,殊不知他们的举动早就被菜穗子看在眼里了。此刻真琴正在不远处和老板聊着天。

"你是从东京来的?"

用这种毫无新意的方式开口搭讪的,是个长着一张国字脸的男人。他身旁的男人长着一张窄眉细目薄唇的细长脸,正用鉴定商品似的眼光打量着菜穗子。他们都不是菜穗子喜欢的类型。菜穗子随意回答了下,两个男人就争先恐后地自我介绍了起来。国字脸男人姓中村,细长脸男人姓古川。

两人似乎才刚步入社会两三年而已,所以看着还有些幼稚。不过,大概是想在菜穗子面前表现出自己成熟的一面,他们的话题总围绕着公司里的事情。菜穗子对他们说的那些话没有丝毫兴趣,所以根本记不住他们究竟在哪个公司上班,具体做什么工作。

"我从学生时代起就开始玩高山滑雪了。"古川终于转移了话题,"我不喜欢人造的滑雪场,所以每年都会来这里体验天然斜坡。那些人工滑雪场,本质上不就是新宿的延伸吗?"

都一样,不过就是变个花样夸自己罢了。菜穗子从高中起就知道这种男人没一个好东西。那个人前道貌岸然,暗地里就连自己的女学生也不放过的男老师,不正是这个类型的吗?不知道那个老师后来怎么样了……

"中村先生、古川先生,你们就不要白费劲了。"

久留美忙活了好久,终于把所有的菜肴都端上了桌,这才脱下围裙和大家一起聊起了天。

"人家已经名花有主啦。"

"咦,那是个女人吧。"

中村嘬着嘴看向真琴。从他们说"女人"时的语气就能看出,这两个人都没什么教养。那语气里满是对女性的轻蔑。

"重点在于魅力。"

久留美边说边搂着菜穗子的肩膀,将她带到了柜台前。尽管看不到身后中村他们现在是什么表情,但光靠想象菜穗子就觉得很有意思了。久留美轻轻地在菜穗子的耳边提醒道:"小心那两个人。"

"他们之前也纠缠过我。"坐到椅子上,久留美给菜穗子兑了一杯水割[1],接着笑了起来。

"你有男朋友吗?"

久留美耸耸肩,一脸俏皮地说:"要是能遇到个真琴那样的人就好了,不过最好是个男人。"

菜穗子也笑了。

看到菜穗子和久留美坐在柜台前,大木也走了过来。"这些死缠烂打的年轻人实在让人讨厌。"他说的应该是中村和古川吧。刚说完别人,他就毫不客气地在菜穗子身边坐了下来。

"我明天早上就回去了。很高兴认识你们,但我得先回去工作了。唉,这就是上班族的悲哀啊。"

"路上小心。"久留美举起了水割。

"谢谢。"大木隔着菜穗子对久留美说道。

菜穗子心中焦急不已。就目前的情况看来,大木应该是最可

---

[1] 加水或加冰的烈酒。——译者

第三章 长椅角的马利亚

疑的人。他要是走了,那自己和真琴岂不就白跑这一趟了?但眼下自己既想不出留下他的理由,也没法马上判断出他到底是不是凶手。

不知道大木是不是有所误会,见菜穗子一脸苦闷,他竟凑过来在她耳边说了一句:"一会儿留个联系方式给我吧,我们在东京还能见面。"

菜穗子回头看着他。平时遇到这种情况,她肯定是正眼都不看一下的,但为了不和他失去联系,她也只能点头同意。

大木心满意足地笑了。

"好,那我先出去醒醒酒。"

大木从椅子上站起来,摇摇晃晃地朝门口走去。旁边的久留美忍不住嘀咕道:"这也不是什么好人。"

九点过后,派对变成了棋牌游戏大赛。医生和上条照例下着西洋棋,夫人和久留美则玩起了双陆棋。扑克牌那边,除了大厨、老板、芝浦夫妇和高濑外,江波也加入了战斗。

菜穗子一边陪真琴喝着啤酒,一边观看双陆棋的局势。中村和古川早早地就回房了,说是要为明天的行程做些准备。

"将军。"上条清嗓子似的轻声说道。

牌桌上的大厨强忍着笑意回应道:"我可真想听医生也底气十足地叫一次将呢。"

医生不悦地看着他。

"叫将并不代表最后的胜利。我是喜欢把胜利的喜悦留到最后的人。"

"可你都没机会叫将,更没机会将死对方啊。"

"将军这种事,就要一步到位。我只是在考虑叫将的最佳时机而已。你还有心思管别人?我看了这么久,你面前的筹码好像一点都没增加啊。"

"没增加,但也没减少嘛。倒是你,棋子好像越来越少了啊。"

"急什么,我马上就要发力了。主要是上条君下棋毫无章法,我一时没反应过来而已。要都是大木君那种正统的走法,我也不至于想这么久。"

"他只是个初学者而已。"

大厨说着甩出了手里的牌。

"不跟了。"

正在玩双陆棋的夫人听到刚才那番对话后忍俊不禁。跟人斗嘴大概也是医生的一大乐趣吧,菜穗子心想。

"话说回来,大木先生哪儿去了?他刚刚好像出去了,但一直也没见回来吧?"

老板停下正在打牌的手,看向在场的众人。

"还真是,已经很晚了啊。"高濑也一脸担心地看着布谷鸟钟,"应该还没回来。我刚刚一直坐在这里。"

高濑就坐在门口旁边。大木从外面回来后,肯定会先路过休息室,也就是必须从高濑面前走过,然后才能走回自己的房间。

"不妙啊。"老板放下了手中的牌,"不会是喝醉了倒在外面了吧?"

"他酒量很好的。"

大厨的话并没有让老板放下心来。

第三章 长椅角的马利亚

"这才可怕。多少醉酒误事的人都觉得自己千杯不倒。高濑君,我们还是去找找吧。"

"好。"高濑说完,放下手里的扑克牌站了起来。一看牌桌上少了两个人,大厨有些着急了。

"不会有事啦。他应该很快就会回来的。"

"万一有事可就麻烦了。"

老板和高濑穿上防寒服走了出去。

芝浦看着两人的背影战战兢兢地问道:"那个……大木先生,刚刚出去做什么了啊?"

"他说……要去醒一下酒。"久留美答道。

"是吗……那确实让人有些放心不下啊。"

"最后一晚了,所以有些喝多了吧。"江波淡淡地说。

不知为何,平时不怎么说话的人一旦开口,似乎总会特别有说服力,旁边几人听了都赞同地点了点头。

老板和高濑离开三十分钟后,大家慢慢沉默了下来。洗牌的声音和上条叫将的声音也全都消失了。所有人都静静地坐在那里,盯着布谷鸟钟。

也不知到底是谁先听到大门打开的声音,总之当全身是雪的老板从外面走进来的时候,所有人都从椅子上站了起来。

"找到了吗?"医生首先发问。

大概是觉得医生的问话不能无视,老板抬起头,动了动嘴角,但什么也没说,也许是因为说不出来吧。他脸色苍白,双眼布满血丝,目光在所有人的脸上扫过。接着他收回目光,径直走向了柜台。一走到柜台,他就拿起了电话,按了三下按键,这让所有人都不由得更紧张了。

几乎就在老板开口的同时,高濑也进来了。屋内众人或是看向高濑,或是紧张地听着老板的声音。

他开始说了,虽然脸上没有一滴汗,却还是用毛巾擦着额头。所有人都看得出来,他是在努力让自己冷静地讲述事实。

"啊,你好,是警察局吗?这里是鹅妈妈山庄。是的,就是那条路的入口处……意外,这里发生了意外……有人坠崖了……只有一个人……对……对。是的。我觉得他应该死了。"

第四章
断裂的石桥

"也许是我想太多了。"真琴说道。

大概是吧,菜穗子暗暗想着。但这件事,和公一的死有什么差别呢?

1

尽管外面一片漆黑，天上还下着雪，但在老板挂断电话二十多分钟后，第一辆警车就已经抵达山庄，紧接着又传来了救护车的笛声。又过了几分钟后，山庄的停车场内便停满了警车。

菜穗子几人就像被遗忘了似的，一直待在休息室里等待。窗外的巡逻车灯不停地闪烁着，一群身材健硕的男人在山庄外来回走着，但屋里的客人们根本无从得知这些人究竟在做什么，情况怎么样，就连事故的来龙去脉都一无所知。最了解情况的老板和高濑此刻正在外面配合警方调查。

或许是被外面的骚动所吵醒，中村和古川也从房间里出来了。两人都是一副睡衣外面套着运动服的装扮。

"发生什么事了吗？"中村挠着头低声问芝浦。

菜穗子猜测，他之所以会找芝浦询问，大概是因为现在只有芝浦看起来能正常回答问题，其他人都因为不安而紧绷着一张脸。

芝浦转头看了看四周，然后用手指推了推鼻子上的圆框眼镜，低声说道："出事了。"

"出事了？交通事故吗？"中村也压低了声音。一听到"出事"就联想到交通事故，这大概是深受城市生活的影响吧。

芝浦摇摇头说："是坠崖。大木先生好像从山庄后面的悬崖摔下去了。"

第四章　断裂的石桥

"大木先生？"

中村和古川对视了一眼。菜穗子觉得他们大概不知道在这种情况下该做何反应。

古川接着问芝浦："那他们现在是在做什么？"

"不知道……"

事实上，这个问题现在谁也没法回答。两人似乎也察觉到了气氛有些不对，便不再多言，找了个角落的长椅并排坐下，那样子就像在说"虽然这里的气氛很凝重，但我们还是希望能尽快融入你们"。

大约一个小时后，大门被人打开，老板走了进来。他的身后跟着几个男人，其中一些在高濑的引导下朝房间的方向走去，另外两个则与老板一起留在了休息室内。两人之中，一个是身材矮胖的中年男人，脸色通红，就像刚喝过酒似的；另一个则理了平头，体格健壮，看起来年轻一些。不过菜穗子觉得这两人都长得很凶。

"你们就是在这里开派对的，对吧？"矮胖刑警将右手插在裤袋里问道。

菜穗子没想到他的声音居然这么尖细。老板将双手交叉在胸前点了点头。

"是的。"

"派对是几点开始的？"

"六点左右。"

"参加人员呢？"

"都在这儿了。"

矮胖刑警噘着下唇，轻轻挥了挥食指，接着又竖起大拇指指向门外。

"这里的各位,以及大木先生……对吧?"

老板眨了眨眼,点了几下头。

"是的,还有大木先生。"

"麻烦你说得准确一点。"

"不好意思。"

老板已经有些不耐烦了。大概从警方进山庄起,他就一直在应付对方的"严谨"。

"大木先生是什么时候离开这里的?"

老板没有回答,而是在众人的脸上看了一遍,最终与久留美的目光交汇在了一起。

久留美答道:"七点三十分左右。"

说完,她转头用眼神寻求菜穗子的确认。菜穗子也觉得大致是那个时间,便轻轻地点了点头。

"他出去前说过什么吗?"

矮胖刑警的目光在久留美和菜穗子的脸上来回扫视。

"说要出去醒醒酒。"久留美回答。

"嗯,他当时醉得很厉害吗?"

"这个嘛……"久留美看着菜穗子,"很厉害吗?"

"我不觉得很厉害。"菜穗子答得毫不犹豫,她不觉得大木当时喝醉了,因为他的眼神十分冷静。

"也就是说,他可能有点醉,于是想出去醒醒酒,对吗?"

"是的……"

也只能这么说了。

第四章　断裂的石桥

"大木是一个人出去的吗？"

回答这个问题的是老板。

"应该是的。"

"那么，在大木出去后，还有人出去过吗？"

这个问题问的是休息室里的所有客人。众人没有转头，只是用目光观察着其他人的反应。但是，没有人回应。

最终还是老板打破了沉默。

"八点左右，我们就开始玩棋牌了。扑克牌，还有西洋棋那些……所以后面应该就没有人出去过了。"

老板接着又详细说明了当时玩棋牌的都有什么人，也把中村和古川在八点三十分左右回房间，以及菜穗子和真琴在医生夫人和久留美旁边看她们玩双陆棋的事说得很清楚。他的记忆基本没有偏差。

"明白了。"

矮胖刑警摸着圆圆的下巴，似乎对老板说的这些事都不感兴趣。他与年轻刑警交头接耳了一番后，对老板挥了下手就走了出去。

"从哪里摔下去的？"

等刑警走远后，真琴开了口。所有人都看向老板。

"应该是从石桥上面。"他一脸疲惫地看着真琴，"想不明白，他怎么跑到那种地方去了……"

"那座桥确实很危险。"江波考虑再三后说道，"这已经是那地方第二次有人摔下去了吧？我觉得还是把那座桥拆了的好。"

"老板，接下来怎么办啊？我们要被关在这里多久啊？"大厨的问题不像是为他自己，而像是替客人们问的。

老板似乎也听懂了他的用意，便对着所有人说道："我们不会再给各位添麻烦了。请各位按照自己的旅行计划活动吧。麻烦大家了！"

说完，他低下头道歉。其实，他本无须低头的……

菜穗子和真琴回到房间时，架子上的时钟指针已经指向了十二点钟的位置。外面静悄悄的，警车似乎都开走了。客人们终于能回到自己的房间喘口气了。

两人走进卧室，疲惫地倒在各自的床上。她们都累得完全不想说话，房间里安静得只剩下彼此的呼吸声了。

"你怎么看？"真琴先开了口。

"你指什么？"菜穗子问道。

"就是……"真琴歇了口气后继续说道，"真是意外吗？"

菜穗子扭头看向真琴。真琴枕着胳膊，两眼直直地盯着天花板，她的呼吸声有些粗重。

"如果不是意外，那会是什么呢？"

"不知道。你能想到什么？"

"比如自杀。"

菜穗子故意说出了一个违心的想法。真琴没有回答，不知是识破了菜穗子的本意，还是她从一开始就没有考虑过这个可能性。

"那么……他杀？"

菜穗子偷偷瞥了一眼真琴，只见她面色如常，眨了几下眼睛。

"当时所有客人都在休息室里吧？"

"是啊。"菜穗子不再扭头,索性将整个身体都转向真琴,"所以应该不太可能是他杀。"

"不,不是所有人。中村和古川先回房间了。如果他们从后门出去……也不是毫无可能。"

"你是说这两个人杀了大木?"

"我只是觉得有这个可能性而已。目前还不能下任何定论。"

"那也有可能是意外吧。"

"当然。不过,我总觉得大木不像是会发生意外或是自杀的人。"

其实菜穗子对此也深有同感,她总觉得大木是那种运动神经特别敏锐的人,就算喝醉了,也不至于会从石桥上摔下去。再结合他出门前的言行举止,自杀的可能性也几乎可以排除。

"也许是我想太多了。"真琴说道。

大概是吧,菜穗子暗暗想着。但这件事,和公一的死有什么差别呢?

"睡吧。"真琴似乎不打算再想了,坐起身道,"明天再说吧。"

2

第二天早上高濑过来通知吃早饭时,两人一把将他拉进房间,询问起了昨夜的事情。但那语气不像是询问,而更像是盘问。

"尸体是老板发现的。"

高濑开始说起发现尸体时的场景。

"我们找了好久都没找到大木先生,后来突然想到他可能摔到谷底去了。如果真是那样,那多半是从桥上摔下去的,所以我们就在那附近找了一会儿。是老板先发现的,听到他的叫声后,我也看到了那个惨状。"

"那个惨状",从这说法就能推测出尸体当时有多惨不忍睹了。高濑边说边不停地擦着自己的脸,仿佛那一刻的画面还停留在他的眼前。

"他穿着什么衣服?"真琴问道,"还是在休息室时的那身吗?"

高濑皱起眉头,斜眼看着半空回忆了一会儿。"应该是吧……"随后他像是想起了什么似的突然抬起头,"不,有点不一样。"

"不一样?哪里不一样吗?"

"上衣不一样。"高濑说,"我记得他在休息室时穿的是长裤和毛衣,但我们发现他的时候,毛衣外面还有一件戈尔特斯牌的外套。我虽然只是看了一眼而已,但很确定自己不会看错。"

菜穗子回忆起大木离开休息室时的样子。他当时穿的是什么……没错,他出门的时候没有穿外套。

菜穗子说完,真琴抱着双臂沉思起来。

"那么大木先生是在哪里穿上外套的呢?如果你们都没记错,那他就应该是事先把外套放在了山庄外面,等到出门的时候才穿上。"

"可他为什么要这么做呢?"

"大概是本来就打算去什么地方吧?"高濑脱口而出后挠了挠

第四章 断裂的石桥

头，"啊，这只是我的个人想法，随口一说而已。"

"不，"真琴摆了摆手，"我觉得你的想法很合理。问题在于……他到底是打算去哪里呢？"

菜穗子一时之间也没什么头绪，便问了另一个问题："警方是怎么判定的？"

高濑将双手交叉放在桌子上，然后看着手指答道："他们没有明确说过，不过从他们的语气听来，应该是打算以醉酒坠崖意外事故来处理……不过昨晚外面实在是太黑了，他们也许是打算等今天重新调查后再下结论吧。"

"意外事故啊……"

真琴听完有些失望地叹了口气，然后转头看向菜穗子，似乎在询问她的想法。不过菜穗子并没有什么想法，她到现在都还是思绪一片混乱。

"你们两个一直都对去年那件事有所怀疑，或许会觉得这两件事之间存在某种关联。但这次的事不可能会是他杀。"或许是感觉到了真琴的疑心，高濑忍不住反驳道。

真琴则十分冷静，只是淡淡地问了一句："为什么？"

"因为大木先生坠亡的那段时间，所有人都在休息室里。总不能有人可以隔空把人推下山崖吧？"

"时间呢？推定死亡时间了吗？"

这种菜穗子几乎不会用到的说法，真琴说起来却像信手拈来般轻巧。高濑点了点头。

"确切来说，是大木先生的坠崖时间。不过警察认为他是坠崖后当场身亡的，所以那应该也就是他的推定死亡时间了。大木先生戴着手表,由于坠崖时的剧烈冲击,手表被震碎并停在了七点四十五分,那应该就是他的坠崖时间了。"

"七点四十五分……"

真琴轻轻闭上眼睛,大概是在回忆昨晚的情景。"那个时候,所有人应该都在休息室里。"

中村和古川确实先回房间了,不过是在八点三十分左右。也就是说,所有人都有不在场证明。

"有没有人离开过座位,哪怕只是一小会儿?"

"你是指……去厕所之类的?这个我就不知道了。但至少没有人从正门出去过,毕竟当时有那么多人看着呢。"

"可以从房间的窗户出去吧?甚至厕所的窗户也可以。"

"对啊,还有窗户呢。"

"但我觉得这不大可能。"就在真琴准备认真思考菜穗子的想法时,高濑有些忐忑地反驳道,"这样的话,最多也就只有几分钟的时间。这么短的时间,能杀死一个人吗?而且对方还是身强体壮的大木先生。就算凶手想办法做到了这一点,在杀完大木先生后,还要迅速返回休息室,继续若无其事地和其他人一起玩或者聊天。一个刚刚杀了人的人,能迅速融入当时的环境里吗?肯定或多或少会表现出一些异常吧,而且周围的人也不可能毫无察觉吧。"

说完,他有些不安地看着两人。"不知道我所说的合理吗?"

"合理。"真琴回答道,"我觉得你所说的非常合理,而且非常有说服力。"

菜穗子也点头称是。

"那应该没事了吧?"见两人都不再说什么后,高濑略显犹豫

第四章 断裂的石桥

地站起身来,"差不多该去吃早饭了。"

"好的,谢谢。"菜穗子赶紧道谢。真琴也微微鞠了一躬。

"别想太多了。"高瀨露出带有一丝紧张的微笑,然后开门走了出去。

吃完早饭后,菜穗子和真琴正坐在休息室里看杂志,就听到外面传来了警察们嘈杂的脚步声。昨天那个矮胖刑警又把老板叫过去问了一大堆问题。尽管他们是站在柜台边交谈的,但菜穗子和真琴还是从只言片语中听到了"客人名单"这四个字。

"糟了。"真琴在菜穗子耳边低声说道,"他们好像准备调查客人的身份信息了,这样你用化名的事很快就会被发现了。"

菜穗子本来姓"原",只是为了不让人猜出她和哥哥公一之间的关系,这才改用了"原田"登记入住。

"会被发现吗?"

"当然。警察肯定是想调查一下大木与其他客人之间是否存在利益冲突或是恩怨。只要查出大木与大家都没有瓜葛,他们就可以继续以意外事故来结案了。和处理你哥哥那起案件时的做法一样。"

确实,去年哥哥去世后,警方正是按这套流程展开调查的。

"那可就麻烦了,我该怎么办?"

"挣扎也没用。真要是被问到,就只能老实回答了。不过我们得先跟高瀨打个招呼。"

真琴把手里的杂志放回书架,一副若无其事的样子从柜台边的刑警面前走出了休息室。此时,高瀨应该在打扫浴室和厕所。

大约十分钟后，真琴回来了。她装出一副刚从厕所回来的样子，再次从书架上抽出刚刚的杂志，在菜穗子身边坐了下来。"商量好了。"翻开杂志后，她一边看着黑白照片一边低声说。

"原则上，我们不要对警方隐瞒身份。因为即使现在隐藏了，也很快就会被他们查出来。就说来这里纯粹只是为了看看你哥哥死前待的地方。之所以使用化名，是为了顾及其他客人的感受。"

"真的谢谢你。"

虽然面无表情地盯着杂志，但菜穗子说得很真诚。如果不是真琴，她估计早就不知道该怎么办才好了。

"重要的是后面的事情。"真琴沉下声说道。

矮胖刑警被身穿制服的刑警叫出去三十分钟后又回来了。一如昨夜那样，他站在休息室入口处喊道："各位，打扰了。"那尖细的声音听得菜穗子头皮发麻。

"有些情况，还希望各位能配合调查一下。"

别说这间休息室了，矮胖刑警的声音几乎可以说是响彻整座山庄。或许他是打算把各个房间里的人都喊出来吧，菜穗子心想。此时的休息室里，除了菜穗子和真琴外，就只剩芝浦夫妇和江波了。医生夫妇很早就出去散步了，中村和古川似乎根本就没将此事放在心上，也是一早就出去滑雪了。只有上条，罕见地不知去向。

矮胖刑警的叫喊多少还是有些效果的。没过多久，厨师和久留美就从厨房走了出来，高濑也从走廊那头跑了过来。

见所有人都看向自己，刑警满意地点了点头，并向身后身穿制服的刑警使了个眼色。身穿制服的刑警一直被矮胖刑警抢风头，

第四章　断裂的石桥

好不容易等到出头的机会，便大摇大摆地走出来对众人说道："不会占用你们太多时间的。"

刑警搓着双手，颇有些装腔作势的模样。这让菜穗子想起了名侦探波洛，但两者之间似乎并无相似之处，只是菜穗子过去曾在某部电影中看到过类似的场景。

说完，身穿制服的刑警从外面拿了一块脏兮兮的木板进来。木板长约一米，一端起了毛边，看起来就像是被职业摔跤手折过一样。矮胖刑警接过木板，将起毛边的一端朝上，竖着放在自己的身旁，然后沉默着观察众人的反应。见众人不安又好奇地盯着那块木板，他似乎很满意，随后握拳将手放在嘴边，故意咳了一声。

"有人认得这个吗？"

话音刚落，休息室里就传来了椅子倒地的声音。椅子似乎是芝浦探出身子时不小心踢倒的。见所有人都看向自己，他连连低头道歉。

"这是什么？"江波问道，"看着像是什么东西的碎片啊……"

"不知道。"刑警看着他，微笑地答道，"所以才想问问各位。"

"是在哪里发现的？"芝浦有些结巴地问道。

刑警虽然面色不善，但还是礼貌地说了一句："请先回答我的问题。"

"可以凑近点看吗？"真琴问道。

刑警严肃地看了她一两秒，又立刻恢复了那种傲慢的笑脸。

"这个问题必须得回答啊。请吧，凑近点，仔细看看。"

真琴起身的同时，轻轻拍了菜穗子的后背，示意她跟自己一起过去。于是，两人在所有人的注视下慢慢走了过去。

身穿制服的刑警拿来这块木板时，菜穗子就已经非常震惊了。因为它看起来与昨天早上真琴在石桥下面发现的那块木板非常相似。乍一看，唯一的区别似乎就是长度了，她们昨天见过的那块木板有两米长。不过这块似乎被折断过，所以长度也就不能作为判断的标准了。

不过……

一走近，菜穗子就发现这块木板并非昨天的那块。虽然她也记不太清了，但印象中昨天的那块还比较新；而眼前的这块却已是朽坏不堪，仔细一看就会发现断口处早已被虫子蛀空。这种木板，轻轻一掰就能折断吧，菜穗子心想。

真琴也看出来这块木板并非昨天的那块了，便默默地对刑警摇了摇头。

"没见过吗？"

"是的。"

刑警转而看向菜穗子，菜穗子同样摇了摇头。不过刑警似乎并不失望，而是再次看向众人，问道："其他人呢？"

芝浦夫妇和江波都没有说话，只是有些困惑地在木板和刑警的脸上看来看去。过了一会儿，矮胖刑警终于放弃了，叫来了老板。

"看来真的和你所说的一样啊。"

"我没有说谎。"

老板似乎有点不耐烦了。

矮胖刑警将木板递给身穿制服的刑警，两人对视了一眼，接着一起走出了休息室，一副既然什么都没问出来，那就不用道谢了的样子。

第四章　断裂的石桥

等他们离开后，江波走到柜台边问老板："那块脏木板到底是什么？"

老板瞬间有些不悦地皱起了眉头，可当发现除了江波外，其他客人都在看着自己时，他也只得开口回答了。

"那块木板落在大木先生的尸体旁。他们今天早上发现的。"

"这和大木先生的死有什么关系吗？"真琴也起身问道。

"那块木板已经断了，不过警方似乎找到了另一半。另一半木板上出现了一个鞋印，经过比对，正是大木先生脚上穿的那双运动鞋留下的。"

"也就是说……"

"嗯。"老板神色黯然地对着真琴点了点头。

"大木先生应该是想借助那块木板走到断桥的另一边去。但正如你们所见，那块木板已经开始朽坏了，根本无法支撑他的重量……所以就成那样了。"

"他为什么要做这么危险的事啊？"芝浦佐纪子喃喃自语道，发现自己的话引来众人注意后，她又连忙像做了错事一样低下了头。

"确实很危险。"老板低沉的声音回荡在休息室内，"所以我想不明白他为什么会这么做……警方推断山庄里的客人应该常用这种方法过桥，所以才想让你们看看是否见过那块木板。我当时就跟他们说过，这种事绝对不可能发生。"

菜穗子这才明白，原来刑警和老板说的是这件事。

"刚刚那块木板。"老板身后的大厨歪着头说道，"会不会就是我们之前扔掉的那些木材里的啊，老板？"

"可能是。"

看样子，他早就猜到了这个可能性。

见其他人都满脸疑惑地看着自己，老板连忙解释道："我们经常会自己做些东西，所以储藏室里常年备有一些木料。后来发现有些木料已经生了虫，就把它们都扔进山谷了。大概是一年前的事了。大木先生应该是从我们扔掉的那些木料中捡了一块，打算用来过桥。"

"你对警察说过这件事吗？"真琴问道。

"说过了。"老板回答。

话题结束后，所有人都一脸担忧地站在原地。空气逐渐凝固。面对这种情况，众人都不知道该怎么做才好。

"总之。"老板突然提高了音量，大概是想缓和一下凝重的气氛吧，但在其他人听来却显得有些奇怪，"接下来我们不会再给各位添麻烦了。正如我昨天所说的，各位请按原定的旅行计划继续活动吧。我保证，不会再给诸位添任何麻烦了。"

见真琴往外走去，菜穗子下意识地觉得她是打算去散散步，结果真琴毫不犹豫地绕到了山庄后面。那里已经拉起了警戒线，附近还站着几个警察。不过见两人走近，那些警察也只是瞥了她们一眼，并没有多加干预。菜穗子心想，也许他们已经打算把此事当作意外事故来处理了吧。

真琴似乎是奔着石桥而来的。由于警戒线的关系，她们无法靠得太近，真琴便俯下身子，盯着石桥下面看了许久。接着，她拿手背使劲擦了擦嘴，用只有菜穗子能听到的声音说道："果然不

第四章　断裂的石桥

见了。"

"不见了？什么东西？"

"昨天那块木板。"

"啊！"菜穗子不禁惊呼。一个警察看了过来。

"我们回房间吧。"

真琴用力拉着菜穗子的手腕往回走。

回到房间，真琴确定走廊里没有人后关上了门。不知真琴为何这么谨慎，菜穗子也不由得紧张了起来。

"大木果然是被人杀害的。"

真琴在菜穗子面前坐下后，用一种十分肯定的语气述说着。

"昨天我们在石桥下面发现的那块木板不见了，但警方却在大木的尸体旁发现了一块外观非常相似的朽坏木板。这意味着什么？"

菜穗子摇摇头，表示自己不明白。

"那我换个问题。"真琴说着，将手指交叉放在桌上。

"大木想靠一块朽坏的木板过桥，那么就会出现两个问题。首先，他为什么要去石桥的另一边？其次，他为什么会使用朽坏的木板？现在我们讨论第二个问题，也就是他为什么偏偏选了一块朽坏的木板？"

"会不会是因为……他不知道那块木板已经朽坏了？虽然我不确定，但仅凭外观应该很难判断吧？"

说完，菜穗子又补充一句"而且当时天已经黑了"。光看外观很难判断，加上天已经黑了，所以大木没有发现那块木板已经朽坏——虽然这是菜穗子突然想到的解释，但她对自己的想法还是很满意的。没错,一定是这样!

但真琴听完,却意味深长地说了一句:"就结果而言,也许的确如你所说。"

"就结果而言?"

"没有人会使用朽坏的木板过桥。所以你说他当时没发现木板已经朽坏,这一点是非常合理的。可是,那座石桥那么高,正常人肯定会加倍小心确认吧?比如,他应该会事先确认木板是否朽坏,以及它能否支撑自己的体重之类的吧?"

"确实……应该会吧。"

要是自己肯定会这么做的,不,甚至会更加谨慎,菜穗子心想。

"这是当然的,可大木偏偏就没有这么做,为什么呢?我想,应该是他非常肯定那块木板很安全。"

"那他为什么会这么肯定呢?"

"回想一下我们昨天发现的藏在石桥下面的那块木板。很新,而且也够宽够厚,看起来应该足以支撑一个人的重量。"

菜穗子终于有些听明白了。与此同时,她觉得自己有些坐不住了,似乎体内有什么东西正蠢蠢欲动。

"你是说,大木原本把结实的木板藏在了石桥下面,结果又错将那块朽坏的木板当成了……"

真琴点了点头。

"如此一来,就出现了另一个问题:为什么他会犯这么严重的错误?答案很简单,在他原本藏结实木板的地方,出现了另一块完全不同的木板。"

第四章 断裂的石桥

"你是说有人调包了?"

"只有这个可能性了。"

真琴压低了声音,但听起来反而更加沉重了。

"他杀……"

菜穗子思考着其中的深意,对她而言,这个词似乎蕴含着一种巨大的魔力。

"而且,谜团远不止这一个。比如大木为什么要去石桥的另一边?他为什么要选在派对中途做这件事?还有,凶手又是如何得知他会这么做的?"

"去石桥的另一边应该是有什么要事吧?"

"而且还必须掩人耳目……"

突然,菜穗子的脑海中浮现出那个深夜的情景。她因为睡不着,去休息室倒水喝,结果听到有人从外面走回来的脚步声。而且,她刚回到房间,就听见了隔壁的关门声。

"那天晚上,大木应该也去过石桥的另一边。"

"应该是的。"

菜穗子只是突然想到了这一点,但真琴仿佛早就读懂了她的心思。

"而且用的就是那块结实的木板。"

"石桥的另一边……"

那里到底有什么?

菜穗子还没平静下来,门外就响起了敲门声。门外的高濑见菜穗子看起来很激动,不由得问道:"这是怎么了?"

菜穗子用双手摸了摸脸颊,说道:"没……没什么。是有什么事吗？"

"哦，其实也没什么要紧的事……虽然老板已经很生气地找警方说过，不能再给客人添麻烦了……"

他的声音越来越小，就像一个做错事后努力为自己辩解的孩子。

"到底怎么了？"

高濑咽了咽口水。

"村政警部说想找所有客人问话。他说不会问太久……刚刚已经问过芝浦先生和他太太了。"

村政警部应该就是那个矮胖刑警。

"所以，接下来轮到我们了？"

"没问题啊。"真琴的声音从屋里传来，"那就出去跟他们聊聊好了，说不定还能顺便收集点信息。"

"那倒也是。他们在哪里？"

"休息室里角落的那张桌子。"

"我们这就过去。"

"哦，对了……"高濑微微举起右手说道，"我已经对警方说过公一先生和菜穗子小姐的关系了。因为真琴小姐交代过要说实话。"

"这样啊……"

一年前的事件，不知道警方还能记得多少。不过在这种人迹罕至之地发生的死亡案件，应该不会那么容易忘掉吧。不知道他们听说死者的妹妹来祭奠后，会有何反应呢？他们若是表现得很感兴趣，难免会让人觉得讨厌；可如果表现得漠不关心，又难免让人

第四章　断裂的石桥

有些不甘。

"好的，非常感谢。"

菜穗子道谢后便关上了门。

"关键问题是，要不要把木板的事情告诉警方？"

真琴坐在桌子旁，双手托腮。菜穗子在她对面坐了下来。

"警察毕竟是专家，他们迟早会发现这是一起谋杀案的，只不过没这么快而已。在那之前，我们还能抓紧时间再做些调查。"

"确实。等警方开始行动，我们也就没这么自由了。"

真琴拍了一下桌子，大概已经想好该怎么做了。

"好，我们就先不主动提这件事。等到应付不了的时候再和他们说。可以吧？"

菜穗子点点头，像是再次确认了自己的想法一样。

3

正如高濑所说，身材矮胖、像刚刚喝过酒似的脸色通红的村政警部，和那个健壮的年轻刑警正坐在休息室角落的桌子旁。其他桌子都空着。老板和往常一样站在柜台后面擦着酒杯，只是脸色明显不悦。从老板对待酒杯时小心翼翼的模样，菜穗子仿佛看到了他面对刑警时的态度。

看到菜穗子和真琴进来后，两名刑警连忙起身鞠了一躬。

"很抱歉，占用你们宝贵的旅行时间了。"

尖细的声音震得耳膜都有些生疼，菜穗子露出了不悦的神色。不过矮胖刑警似乎并未察觉到。

真琴在村政面前坐下，菜穗子则坐在她的旁边。这是她们商量好由谁回答警方提出的问题后决定的落座位置。两名刑警面前的桌子上都放着一杯水，年轻刑警的那杯依旧很满，但村政的那杯已经被喝得只剩下三分之一左右了。

"泽村真琴小姐、原田菜穗子小姐……不对，应该是原菜穗子小姐。"

村政故意说错了名字，大概是想借此讽刺菜穗子使用化名之事。不过菜穗子早就做好了心理准备，也就没放在心上。

"你是去年去世的那位原公一先生的妹妹吧。"

村政微微弓着背看着菜穗子。菜穗子轻轻点了点头。

"哦，也是因为你哥哥的关系，你才会来这里吧？"

他应该已经听高濑说过了，却还要故意再问一次。菜穗子稍微调整了一下呼吸后，按照与真琴商量好的说法回答了他的问题。她表示自己来这里单纯只是想看看哥哥生前最后一次住过的地方，之所以使用化名，是为了顾及其他客人的感受。刑警一直盯着她的嘴，听完似乎倒也没有起疑。"嗯，我能理解你的心情。"他的语气听起来丝毫没有同情的意思。

"这么说，大木先生并不知道你就是原公一先生的妹妹？"

"应该是。"

菜穗子记得她从未与大木谈论过去年的事情。她甚至还有些后悔，没有在他死前多打听点消息。

"你是最后一个与大木先生说过话的人，当时你们说了什么？"

第四章 断裂的石桥

"最后一个?"

菜穗子问完才明白,他说的是派对时的事情。

"他说想和我在东京再会,所以让我留个联系方式给他。"

刑警似乎对大木邀请菜穗子再会的事情很感兴趣,探出身子问道:"哦,然后呢?"

"我答应了。"

"是吗?那大木先生这么死了,可就太可惜了啊。"

村政像是听到了什么有趣的事情般笑了起来。年轻刑警也咧嘴一笑,他大概被事先告知过就算不好笑也要跟着笑吧。可菜穗子觉得这一点也不好笑。

"在那以前,你们聊过天吗?"

"前天晚上吃饭的时候聊过几句。那是我们第一次说话。"

"谁先开的口?"

"他先找我说话的。"

她本想借此强调自己根本不可能主动找大木说话,但刑警似乎完全听不出来。

"那你们当时都聊了些什么呢?"

"都是些无关紧要的话题。"

菜穗子把大木问她打不打网球的事告诉了刑警。说到这里,大木那张盲目自信的脸又出现在了菜穗子的脑中。

"看样子,大木先生从一开始就对你很有好感啊。不过面对这样的美人,倒也正常。"

刑警说这话的时候,眼中满是笑意。

"谁知道呢。"菜穗子故意用不悦的口吻说道。

"不过，听大木先生这话的意思，他应该是准备回东京吧？"村政看似随意地说道。不过菜穗子听得出来，他应该是在暗示大木不太可能自杀。

接下来刑警转而开始询问真琴，问的内容与方才问菜穗子的大致相同。不过真琴的回答都很简短，所以也没引起刑警的特别注意。

"你觉得大木先生是个怎样的人？"

这是刑警问真琴的最后一个问题。

真琴脱口而出道："我觉得他是个短命的人。"

刑警似乎很满意这个答案。

"非常感谢两位的耐心配合。"

村政拿起杯子喝了一口水后，低下圆圆的头表示感谢。真琴正要起身，菜穗子像是有些不甘心似的问了一句："那个，这和我哥哥的案子会不会有关联呢？"

旁边的真琴有些惊讶地看着菜穗子。两位刑警脸上的惊愕程度更是不亚于真琴。村政端着水杯，旁边的年轻刑警拿着笔，两人都怔怔地看了菜穗子好几秒。接着，村政的脸色终于慢慢缓和下来，问道："这是什么意思？"

"就是……你们不准备调查一下这件事和去年那件事之间……有没有什么关联吗？"

其实，菜穗子刚刚就一直在等他们问这个问题。见刑警似乎早就忘记了哥哥的死，她不免有些怨愤。

过了一会儿，村政才像终于明白她的意思似的连连摇头。

"你觉得二者之间有联系，是有什么依据吗？"

第四章 断裂的石桥

"不，这个……"

菜穗子手中并没有什么依据。眼下，她手里的两张牌，就只有确信公一不是自杀的以及大木绝对是被谋杀的而已。而且，关于大木的那张牌，她也不打算现在就拿出来。

见她结结巴巴地说不出话，村政松了一口气，换上一副深表理解的表情说道："连续两年遇到这么大的事情，也难怪你会觉得它们之间存在某种联系。不过，这样的巧合也是时有发生的。相信用不了多久，外面就会传出这座山庄受到了死神诅咒之类的谣言了。"

或许是被自己的话逗笑了，矮胖刑警毫无顾忌地哈哈大笑起来。年轻刑警也跟着赔了一个笑脸。然而，菜穗子的心底却升起了一股炽热的怒火，等她意识到的时候，那股怒火已经从她的口中喷了出来。

"就是因为你们警察这样毫不作为，才会不停地有人被杀害！"

菜穗子的嘴似乎摆脱了大脑的控制，浑身的血液都在一瞬间涌向她的头部。此刻，她已经完全无法控制自己了。

村政更加惊讶了，他瞪大眼睛看着菜穗子，那是一双严肃、略带血丝的眼睛。可菜穗子没有躲开他的目光，两人四目相对，气氛骤然凝滞下来。

刑警深吸了一口气，试图让自己平静下来。

"你这么说，我就不能当作没听见了。"刑警用低沉的声音说道。

"你的意思是，大木先生是被人杀害的？而且，你还觉得你哥哥也不是自杀的？"

菜穗子不免后悔自己太过冲动，可又觉得要不索性就摊牌了吧！这两种想法在她的心里不停地交织着。她突然有些讨厌自己，明明之前已经和真琴商量好先看看情况再决定要不要告诉警方。

"既然菜穗子都这么说了，那好吧。"真琴似乎彻底放弃了，重新坐回了椅子上。

然后，她直视着刑警，缓缓说道："大木不是死于意外，而是被人杀害的。"

"真琴……"

看到菜穗子一脸愧疚的模样，真琴眨了眨眼，说道："与其暗地里调查，不如干脆跟他们说了吧。"

村政突然不知该说什么才好，只能不解地在两人的脸上看来看去。

"你们……是知道些什么吗？"

"是的。"真琴继续说道，"大木是被人杀害的。"

"可是昨晚，除了大木先生之外，其他人都没离开过山庄啊……这也是假的？"

他甚至连敬语都忘了使用，可见他现在有多狼狈了。

真琴摇了摇头，说道："不，那是真的。只不过凶手用了一个十分巧妙的手法罢了。"

说完，真琴将刚才在房间里对菜穗子说的那些话重新说了一遍。面对如此逻辑清晰、直击要点的说明，刑警也只有默默听着的份儿。

"这些就是大木被杀害的根据以及凶手的杀人手法。您还有什么疑问吗？"

第四章 断裂的石桥

原本闭眼听着的村政微微睁大了双眼，仿佛从肚子里挤出一声低吼后说道："原来如此。也就是说，死者原本准备好了一块足以用来过桥的木板，并将其藏好，结果却被凶手用一块朽坏的木板给调包了。嗯，如果是这样……"

村政扭头对旁边的下属飞快地说出了几个人名，并让他立刻找那几个人过来。面对这一突发情况，年轻刑警有些不明所以，但还是迅速走出了休息室。看着他出去后，村政回头看向菜穗子和真琴，恢复了先前那副狡黠中年男人的模样。

"你们怎么不早点说？算了，我也不追究了。想必你们应该也经历了很多事。所以你们想说的是，如果这是一起谋杀案，那去年的案子，就也可能是被伪造成自杀的谋杀案？"

"我认为可能性很大。"菜穗子委婉地说道。

"但如果是这样，那你哥哥和大木先生就很可能是死于同一个人的手里。他们两个人有什么共同点吗？"

"这个……"

菜穗子一时不知该怎么开口。不过村政没有继续追问，只说了一句："好吧，这属于我们该调查的事情。"

"两年前，也有人死在这里。"真琴突然说道。

村政突然屏住了呼吸，过了好一会儿才答道："是的。"但那一瞬间恰好落在了菜穗子的眼里。"连续三年死人，还都是在同一个时期……"

"巧合这种事真是太可怕了。"

"不。"真琴直视着刑警的脸，"我认为不是巧合才更可怕。"

131

第五章
"鹅与长腿老爷爷"房间

菜穗子明白他的意思,毕竟他所说的这一切都明确指向了一点:凶手就藏在山庄客人之中。

1

警方的搜查因菜穗子和真琴的证词而突然转变了方向。县警本部派出的机动搜查队和鉴识科人员迅速抵达现场，对石桥附近重新进行了一次地毯式搜查。特别是菜穗子和真琴前天见过的那块较新的木板，更是成了警方的重点搜寻目标。他们觉得只要找到那块木板，就一定能从中得到重大线索。

"如此一来，他杀的可能性就变得更大了。"村政如是说道。不过这件事情，警方暂时还没有打算对其他客人透露。或许他们还不想打草惊蛇，正在等待揪出真凶的最佳时机。村政对菜穗子和真琴也提出了协助保密的请求。

见警察的搜查行动突然密集起来，客人们全都诧异地看着屋外的情形。但由于警方既未对此做任何说明，也未阻止他们外出滑雪、散步，所以大家都觉得不闻不问方为上策。午饭时除了菜穗子和真琴外，休息室里还坐着芝浦夫妇和医生夫妇四人，不过大家都很默契地避开了这件事，或许都害怕谈论这个话题吧。总之，大家对"菜穗子居然是公一的妹妹"一事更感兴趣。

"唉，说起令兄那件事，其实我们几个也有责任。要是我们当时能多留点心，发现原先生的精神状态不太稳定，或许就不会发生那样的悲剧了。真是太对不起你了。"

第五章 "鹅与长腿老爷爷"房间

芝浦一边说一边频频低头道歉，佐纪子也低眉顺眼、满脸歉意地站在一旁。

"不不不，可别这么说。哥哥去世前能和大家一起度过一段愉快的时光，这就已经让我觉得很欣慰了。"菜穗子半是真心半是假意地说道。因为在她看来，这里的"大家"之中，很可能就藏着那个杀害她哥哥的凶手。

"你怎么不早点告诉我们啊？"为众人端来咖啡后，久留美略有不满地说道。大概是因为同是山庄里的员工，高濑居然比她先得知了真相，所以她多少有些介怀吧。

"就是呀，还瞒着我们，也太见外了吧。"医生太太也附和道。

不过，她立刻就遭到了医生的斥责。

"不告诉我们这些，自然是考虑了我们的感受。我们也应该理解她们才是。"

"不过话说回来，听到原先生有严重神经衰弱的时候，我真是吓了一跳。他看起来可一点都不像个病人啊。对吧，医生？"

"前几天我们刚讨论过这个问题。"见芝浦问自己，医生也不由得点头赞同，"原先生很健谈，经常和我一起聊天，也经常来我们房间玩。"

"是啊，他当时经常去我们房间，而且总会留下喝杯茶。"医生夫人又开口了，一说到这些事，她就总会瞅准机会插几句嘴。

"他应该偶尔也会去你们的房间，不过还是来我们的房间更多些。对，没错。"芝浦说道。

"是吗？"

"是的。"

"你就少说几句吧。"

芝浦虽然看着脾气不错,但似乎总喜欢在一些奇怪的事情上和人较劲。被佐纪子一提醒,他这才回过神来,满脸羞愧地看着菜穗子道:"真是对不起,让你见笑了。"

菜穗子笑着回了句"没关系",心里却不由得琢磨了起来。公一生前可不是喜欢交际的性格,他会如此积极地往这些人的房间跑,肯定是出于其他什么原因。而且,原因应该就隐藏在那些壁挂中。

"芝浦先生住的应该是'鹅与长腿老爷爷'吧?"

听到菜穗子的问题后,芝浦夫妇不约而同地点了点头。

"我可以过去看看吗?突然很想去哥哥生前喜欢去的地方看看。"

听了菜穗子的话,芝浦顿了顿,接着重重地说道:"欢迎,当然欢迎啊!虽然不是我们自己的家,但请一定过来看看,那个房间真的很不错呢"。

"和我们的房间一样。"医生夫人忍不住插嘴道,却被医生用胳膊肘捅了捅,只好闭上了嘴。

"那我们就不客气了。"

芝浦正瞟着自己的夫人,一听菜穗子打招呼,又立刻换上了和善的笑容朝她点了点头。

起身离开时,菜穗子见真琴迅速对自己眨了眨眼,似乎在说"话题进展得很顺利"。

"鹅与长腿老爷爷"就在菜穗子和真琴住的"矮胖子"旁边。

第五章 "鹅与长腿老爷爷"房间

来到门前,菜穗子和真琴对视了一眼,点了点头后敲响了房门。

"来了,来了。"随着一声回应,屋内立即传来急促的脚步声,紧接着门便开了。

"你们这么快就来了啊,快请进。"芝浦像个门童似的握着门把手,朝两人鞠了一躬。见两人进来后,佐纪子也从沙发上起身打了招呼。

菜穗子一进门,就闻到一股木头的香味夹杂在刚洗过的床单的香味之间。

真琴在菜穗子的身后低声说道:"房间的格局确实和医生夫妇那间完全一样。"

菜穗子环顾了一下屋内,点了点头。沙发、家庭酒吧、书架,一应陈设都和"伦敦桥和老鹅妈妈"并无二致。

"嗯,医生夫人说得没错,这两个房间几乎完全一样。如果非要说有什么不同,恐怕就只有窗外的风景和壁挂上的歌词了吧。来,两位别拘谨,快请坐。"

芝浦招呼她们两人坐在沙发上。从这个位置刚好可以看到正对面的壁挂。

"这上面的是《鹅之歌》吧?"真琴问道。

坐在她们对面的芝浦扭过身子,看着后面的壁挂答道:"应该是吧。话说起来,原公一先生生前似乎也对这首童谣很有兴趣。"

Goosey,goosey gander,

Whither shall I wander?

Upstairs and downstairs

And in my lady's chamber.

"不好意思。"真琴站起身,念起了壁挂背后的歌词译文。

> 大鹅,大鹅,你来看,
> 我该去哪里流浪?
> 楼上看楼下看
> 去我夫人的房里看。

"这就是歌词大意,真是让人摸不着头脑啊。"

"嗯。实际上,真正的童谣比这还更难懂呢。"芝浦说道。

"真正的童谣?是什么意思?"

听菜穗子这么问,芝浦把在一旁准备点心的佐纪子叫了过来。她麻利地端来了红茶和点心后解释道:"《鹅妈妈童谣》里收录的《鹅之歌》,实际上比这个还要长一些。"

"难道后面还有第二段或者第三段歌词?"

说到这里,菜穗子突然想起医生夫人曾提到过,《伦敦桥》和《老鹅妈妈》那两首童谣有后续。然而,佐纪子却有些不好意思地小声否定道:"不,不是的。"

"这首童谣收录在《鹅妈妈童谣》里,然而,接在后面的却是别的歌词。"

"后面跟着别的歌词?还有这种事情?"真琴问道。

"没错。《鹅妈妈童谣》里似乎有很多类似这种掐头断尾的作品。那么,这首《鹅之歌》真正的后半部分到底去了哪里呢?"芝

第五章 "鹅与长腿老爷爷"房间

浦用略带滑稽的姿势指了指天花板说道,"其实,二楼壁挂上的《长腿老爷爷》似乎就是这首童谣的后续。"

"二楼?"真琴吃惊地问道。

"要不要去看看?"佐纪子问道。

话音刚落,菜穗子她们便异口同声:"要。"

二楼也和医生夫人那间的构造几乎一模一样。果然就如芝浦所言,唯一不同的地方就是窗外的景色了。医生夫妇那间的窗户开在南侧,而这间的窗户则开在西侧。

"壁挂就在那里。"先一步上了二楼的佐纪子站在房间中央,指着楼梯对面的墙壁说道。果不其然,墙上又出现了一幅深棕色的壁挂。

"这就是《长腿老爷爷》啊……"

菜穗子和真琴走到佐纪子身边,念起上面的歌词来。

> Sing a song of Old father Long Legs,
> Old father Long Legs
> Can't say his prayers:
> Take him by the left leg,
> And throw him downstairs.

"翻译过来就是,一起来唱长腿老爷爷之歌,长腿老爷爷不肯说出他的祷告:我用左腿踢他,让他摔下楼梯。……"

读完刻在壁挂背面的歌词译文后,菜穗子再次和真琴一起看着上面的英文歌词。

"这就是那首《鹅之歌》的后续吗？"菜穗子问道。

"是啊。"佐纪子用清晰的声音温柔地答道，"就像刚才所说，《鹅妈妈童谣》里的《鹅之歌》，其实就是一楼壁挂上的那首和现在我们看到的这首的组合。所以，最初流传于世的《鹅之歌》，实际上只有一楼壁挂上的那前半部分而已。这些我也都是从雾原老板那里听来的。不过，这两首童谣的译文确实让人看了摸不着头脑。毕竟书上原本也没有这些内容。"

"你说的组合，就是单纯地把两首童谣连起来吗？"真琴问道。

"基本上是这样……哦，请稍等一下。"说完，佐纪子回到一楼取来了记事本，接着在菜穗子和真琴的面前飞快地写出了如下歌词：

Goosey, goosey gander,
Whither shall I wander?
Upstairs and downstairs
And in my lady's chamber.
Old father Long Legs
Can't say his prayers:
Take him by the left leg,
And throw him downstairs.

"首先，把两首童谣按照这样连在一起。"

"嗯。其实就是去掉《长腿老爷爷》里的'一起来唱长腿老爷爷之歌'这句，然后把其他歌词放在《鹅之歌》的后面，对吧？"

第五章 "鹅与长腿老爷爷"房间

真琴在记事本和壁挂间反复对比后说道。

"如果按照壁挂上的歌词来看,的确是这样。不过原版的《长腿老爷爷》里似乎并没有'一起来唱长腿老爷爷之歌'这句,所以我觉得这其实就是单纯地把两首童谣拼接在了一起。"

"有道理。"真琴听完连连点头。

"那么,您刚才写的歌词,就是收录在《鹅妈妈童谣》里的内容吗?"真琴指着记事本问道。

"不是的,后面还有一些变化。"说罢,佐纪子再次动笔写了起来。

Goosey, goosey gander,
Whither shall I wander?
Upstairs and downstairs
And in my lady's chamber.
There I met an old man
Who would not say his prayers.
So I took him by his left leg
And threw him down the stairs.

"我敢肯定,这就是《鹅妈妈童谣》里收录的歌词。"

佐纪子说得一脸轻松。不过比起童谣本身,菜穗子更惊叹于她居然对全部歌词倒背如流。真琴也一脸震惊地看着佐纪子端庄的面容。见到两人如此反应,芝浦开心地笑了起来。

"我家夫人毕业于女子大学的英文系,在这方面也还算精通。"

透过圆形的镜片,可以看到芝浦的一双小眼睛闪烁着光芒,大概他一直都对此引以为豪吧。

"那也很厉害啊!"真琴惊讶地摇了摇头道,"一般人可没法一口气写下来。"

"哎呀,真是献丑了。哪有这么夸张啊!"

佐纪子微微红了脸,摊开手掌轻轻摆了摆手。

"只是大学的时候接触过《鹅妈妈童谣》,正好见过这首而已。我们第一次入住这个房间后,看到壁挂上的歌词时,我还纳闷怎么跟以前见过的不太一样呢。所以回家后我特地查阅过资料,印象自然也会比较深刻啊。至于其他的童谣,我就完全记不住了。"

"去年原公一先生也对这首童谣很感兴趣,佐纪子像刚才那样教过他一遍,所以她现在才能倒背如流。"

芝浦说完,佐纪子连连称是。

"那这段歌词该怎么翻译呢?"菜穗子问道。虽然这个难度的英语对她来说根本不是问题,但《鹅妈妈童谣》有自己独特的语言风格,所以很难把握。佐纪子一边缓慢地念着译文,一边用娟秀的字体将译文写在了英文下方。

大鹅,大鹅,你来看,
我该去哪里流浪?
楼上看楼下看
去我夫人的房里看。
那里有个长腿老爷爷

第五章 "鹅与长腿老爷爷"房间

不肯说出他的祷告。

我用左腿踢他，

让他摔下楼梯。

"果然如您所说，完全不知所云啊。"真琴回到菜穗子身旁，看着佐纪子手中的记事本说道。

佐纪子说道："这后半部分的《长腿老爷爷》，在很多英国传统童谣集里都找不到。也难怪，这本来就是英国孩子捉住一种叫'大蚊'的虫子后，一边扯下它的长腿一边哼唱的童谣罢了。我也想不明白怎么会把这首童谣和《鹅之歌》连在一起。"

虽然琢磨不透歌词的含义，但菜穗子突然想起医生曾经说过，这就是《鹅妈妈童谣》独有的语言风格。他说，比起歌词的逻辑通顺来，它更注重的是旋律和曲调。把这两首童谣连在一起，或许也是出于这个微不足道的原因吧。而且，这样的童谣唱起来更加朗朗上口，也更容易被孩子们记住。

不过，看起来朴实无华的佐纪子居然如此博学多才，这让菜穗子不禁好生赞叹了一番。被菜穗子这么一夸，佐纪子害羞地用手捂住了自己的脸。

"我没有这么厉害啦。实际上，关于《长腿老爷爷》的故事，还是你哥哥告诉我的呢。"

"我哥哥？"

"对啊。原先生似乎对各房间壁挂上的歌词都很有兴趣，还特意去镇上买了一本《鹅妈妈童谣》回来呢。据说他从那本书上学到了不少东西呢。"

"我哥哥买了本《鹅妈妈童谣》?"

由此可以肯定,公一生前的确在努力解读《鹅妈妈童谣》里的密码。不过比起这个,菜穗子更疑惑的是,既然哥哥曾经买过《鹅妈妈童谣》,为什么他的遗物里并没有这本书呢?

"原先生似乎一直在努力解开那个咒语呢。"芝浦扶了扶脸上的眼镜,补充道。

"虽然我也不太清楚,但我猜他是受了上条先生的影响。一开始,大家确实都对咒语之事很感兴趣,但没过多久就没人提起了。"

"您之前说过,原公一常出入医生和您的这个房间,那他当时去过其他房间吗?"真琴问道。

"我觉得,每个房间他都至少去过一次吧。因为他曾经说过,按顺序读歌词是解开咒语的关键。"

"按顺序读房间里的歌词……"菜穗子不由得陷入了沉思。按顺序?哥哥指的是什么样的顺序呢?从头到尾的顺序吗?

"啊,不过呢……"芝浦仿佛想起了什么似的,右拳猛然砸到左掌上说道,"我记得公一先生还说过一句话:从这个房间开始,就不光是按顺序了。"

"从这个房间开始,就不光是按顺序了?"

菜穗子和真琴不禁对视了一眼。

第五章 "鹦与长腿老爷爷"房间

2

就在两人回房讨论下一步计划时，村政警部派了人过来，说是想请她们过去协助调查。听完芝浦夫妇的话，菜穗子和真琴都觉得要查出真相，就必须解开密码。

两人跟着穿制服的警察来到了石桥附近。此时，落日西沉，石桥的影子被拉得很长，一直探至谷底。

"又要麻烦你们二位啦。"村政看到菜穗子她们便上来打招呼，只是那语气中依旧不含半分歉意。

"我们终于找到那块木板了。"

村政用眼神示意了一下身旁的警察，对方便略显笨拙地将夹在腋下的木板递给了他。

"你们昨天早上看到的，是不是这块木板？"

菜穗子凑上前仔细辨认。虽然看起来脏了一点，不过厚薄和长短倒是都对得上。真琴站在原地，双手交叉在胸前，一副根本就不用看的样子。

"我觉得应该就是这块了。"菜穗子和真琴对视了一眼后答道。村政闻言，满意地连连点头，接着把木板递还给身旁的警察。

"木板是在对面的树林里发现的。虽说木隐于林倒也合理，但这个凶手也未免太过教条了呀。"村政指着石桥对面的树林笑着说道。找到了重要物证，这似乎让他的心情很是舒畅。

"这么说，已经可以确定是他杀了？"

听真琴这么问，矮胖刑警摸了摸自己的鼻尖答道："嗯，照这个情况看来，应该可以顺着这个线索查下去。"与其说是慎重，倒不如说是长期的职业习惯使然，他们会尽量避免妄下定论。

"那么，此案和菜穗子哥哥那个案子之间的关联是否也应该重新考虑呢？"

听了这话，刑警突然神色严肃地看着菜穗子说道："目前为止，我们还是将本案作为独立案件进行调查。如果在此过程中发现两起案件之间确实存在关联，那我们自然也会改变调查方向。"

"还有两年前的那起案件，也一样对吗？"菜穗子提醒道。

村政神色更加严肃地说道："对，那起案件也一样。"

"您对两年前的那起案件做过多少调查呢？如果可以的话，我想向您详细了解一下。"

或许村政压根没有料到，一个完全外行的人居然会问这个问题。他盯着真琴看了好一会儿后，挠着头说道："你可真够麻烦的啊。不过，案件调查是我们的工作，你们只要把了解到的情况直接告诉我们就可以了。所谓配合调查，就是这个意思。"

说完，村政满意地笑了笑，转身迈步离开。菜穗子忍不住冲着他的背影咕哝了一句"小气鬼"，可他根本不以为意，头也不回地离开了。

"真是小气鬼。"菜穗子这次是对着真琴说的，大概是想让真琴陪着一起骂吧。真琴耸了耸肩。

"没办法。不过上条说过，两年前的事可以找大厨问，干脆直接找他吧。"

第五章 "鹦与长腿老爷爷"房间

回山庄的途中，菜穗子和真琴遇见了中村和古川。或许是一大早便到山上滑雪的缘故，他们看起来已经筋疲力尽了，正拖着雪杖和滑雪板无力地向前走着。不过，一看到菜穗子和真琴，两人的脸上便立刻堆满了讨好的笑容。

"你们这是去散步吗？"中村神采飞扬地对菜穗子打招呼，"那件事也该告一段落了吧？"

大概只有一大早就出门的人才能说得这么轻巧吧，菜穗子对着他别有深意地笑了笑。中村似乎误以为菜穗子对他有意，连脚下的步子也不由得变得轻快起来。

走进休息室一看，医生和上条早就端坐在了棋盘两边。夫人百无聊赖地托着腮帮子，坐在医生旁边观战。菜穗子和真琴一进入休息室，上条立刻投来了开心的笑容，露出那口像极了钢琴键盘的牙齿。

两人从书架上取出杂志后，走到村政警部早上调查情况时的桌子旁坐下。她们本想商量一下接下来的计划，可刚坐下没多久，一直躺在医生旁边那张长椅上的江波就略带犹豫地走了过来。

"那个，可以占用你们一点时间吗？"

"请说。"菜穗子不好一口回绝，只好请他入座。

"听说，你就是公一先生的……妹妹？"

"是的。"

他大概是听村政警部说的吧。

"去年的事情，真是太遗憾了……那段时间因为工作抽不开身，没能参加令兄的葬礼，真是过意不去。"

147

"没关系的。"

"当时，原先生和我还算比较亲近，没想到他居然患有神经衰弱这样的疾病。说实话，我到现在都觉得难以置信，甚至怀疑他到底是不是真的死于自杀。"

菜穗子惊讶地转头看着他。到目前为止，还从没有人对她说过这样的话。

"为什么？"菜穗子尽量用冷静的口吻问道。

"不知道你是否听说了，当时那个房间是间密室？"他一边留意医生的动静，一边问道。

"我知道。"

"当时房间处于密室状态，那也是警方判定他自杀的主要依据之一。可现在回想起来，我总觉得那间密室有些奇怪。"

"你的意思是？"

"实际上，当晚最先去叫公一先生的是我和高濑君，但那时房门并未上锁，只有卧室门被锁上了。"

菜穗子点点头，这一说法和高濑的描述完全一致。当时高濑说的和另一位客人一起去叫原公一，原来指的就是江波。

"没过多久，高濑君又过去了一次，但那时房门已经被锁上了。因为一直到被发现为止，那扇房门都处于上锁的状态，因此大家就下意识地认为是公一先生自己锁的。房门不是自动锁，如果没有钥匙，那就只能从门内反锁。房门钥匙就在公一先生的裤兜里，备用钥匙也从未被取出过。这些就构成了自杀推论的关键依据。"

"这些我们都听说了。"

第五章 "鹅与长腿老爹爹"房间

"不过我觉得很奇怪,就算他当时铁了心要自杀,但我们第一次过去的时候在门外叫了那么久,他怎么会一点反应都没有呢?虽然警察最终给出的理由是他'神经衰弱'。"

"你的意思是,其实当时我哥哥已经死了?"

"没错。"江波斩钉截铁地说,"但这样的话就出现了新的问题,究竟是谁,他又是如何给房门上锁的呢?虽然不用钥匙也可以从门内反锁,但如此一来上锁的人也会被关在房间里。"

"你有什么高见吗?"真琴开口问道。

"也算不上高见……我觉得问题的核心就在卧室的门锁上。当时卧室门锁上了,谁也进不去,对吧?房间里的人想出来,就只有一个出口了。而如果没有钥匙,就只能从门内反锁。这样的话,就只有一种解释了:我和高濑君在卧室门口敲门的时候,卧室里藏着一个人。"

"等你和高濑先生离开后,凶手再从卧室出来,接着从门内反锁房门,对吗?"真琴马上反应过来了,她的脑袋果然转得快。

"可是,那个人要怎么从房间里出来呢?"

"只能爬窗户了。"

江波也点头赞同真琴的猜测。

"我觉得一定有什么办法可以从外面给窗户拴上插销。如果真的能够做到这一点,那么当时不在休息室的人就很可疑了。但遗憾的是,我已经不记得当时休息室的状况了。因为我当时先是忙着打扑克,后来又开始和久留美下起了双陆棋……不过,要是找不到从外部给窗户拴上插销的办法,也就没必要讨论这些了。"

菜穗子努力回忆着窗户的结构。窗户是内外双开的双层结构，且每一层都带有防风挂钩。

"那你做过测试吗？"真琴问道。

江波满脸沮丧地说道："我在自己的房间里试过，但并没有找到什么有效的办法。不过，这种事情如果不到现场实地试一下，根本得不出任何结论。"

对此，菜穗子也深表同感。她决定回到房间后，立刻就试试……

"但是，倘若凶手果真是跳窗而逃的，那必定会留下些脚印之类的痕迹吧，更何况那时候窗外还有积雪呢。"真琴用拇指指了指身后的窗户说道。

"没错，但你们现在去看看就会发现，那一带根本不像推理小说经常描写的那种毫无其他痕迹的新雪地。因为窗外那条路刚好连接着厨房的后门和仓库，包括高濑君在内的几个山庄员工每天都会在上面来回走动，留下大量脚印。特别是案发当晚，由于那日并未下雪，所以地上应该本就留有大小不一的各种脚印。"

"也就是说，即便里面有凶手的脚印，也根本无从辨认？"

"没错。"真琴刚问出口，江波就立即答道，"我想说的就是这些。这件事已经压在我心头很久了，但我又不敢跟其他客人说。"

菜穗子明白他的意思，毕竟他所说的这一切明确指向了一点：凶手就藏在山庄客人之中。

江波走后，菜穗子小声地问道："你怎么看？"

真琴脸色凝重地说道："他说的我也能理解，可我总觉得那扇窗户不太可能从外面拴上插销锁上。"

第五章 "鹅与长腿老爷爷"房间

过了一会儿，换完衣服的中村也凑到她们这桌来。他涎皮赖脸地一屁股坐在菜穗子的旁边问道："你们在干吗呢？"

一股讨厌的男性古龙香水味道袭来，菜穗子不禁扭过头去。

"喝一杯吗？你应该酒量还不错吧。"中村指着柜台方向甩甩头问道。

菜穗子突然想起自己上大一的时候，也有同学在校园里这么邀请过自己。

"不，不必了！"菜穗子看着正在下棋的医生和上条，头也不回地拒绝道。她知道，这种男人就算碰壁也丝毫不会在意的。果然，碰了钉子的中村根本不打算退缩。

"那不如到我们的房间去玩玩？这里也没法好好说话……古川应该也快洗完澡了。"

或许是不想被医生他们听到，中村是贴在菜穗子的耳边说的。他口中呼出的热气让菜穗子无比嫌弃。要是往常，真琴肯定会立即把对方瞪退，可今天她却对此无动于衷。好不容易见真琴起身，结果她却让菜穗子等来了一句不由得怀疑起自己耳朵的话。

"不如就去坐坐吧，菜穗子？"

菜穗子吃惊地看着真琴，对方却一脸平静地说道："我找大厨有点事，要先去厨房一趟。对了，你们是住在哪个房间来着？"

这突如其来的进展，让中村喜出望外。

"'启航'，顺着走廊左拐就到了。"

"原来就是'启航'呀。"

说着，真琴向菜穗子投去一瞥意味深长的目光。菜穗子这才明白了真琴的用意——这是解开密码的好机会。而且真琴之所以

151

要去找大厨,应该是想了解一下两年前的那个案子。

"可以吧?来坐一会儿吧。"中村看不懂两人之间的眼神交流,只是谄媚地说道。

既然是为了解开密码,那自然没有理由拒绝。于是,菜穗子心不甘情不愿地答了一句:"如果只坐一会儿……"

"那就这么定了。"中村迫不及待地站起身来。菜穗子看了真琴一眼,只见对方冲她眨了眨眼,似乎是在鼓励她。

虽然房间名叫"启航",但内部结构和菜穗子她们那间几乎完全一样,唯一的区别大概就是壁挂上的文字了。

> The land was white,
>
> The seed was black;
>
> It will take a good scholar
>
> To riddle me that.

"不好意思。"菜穗子对中村打了个招呼后,便翻过壁挂读起了后面的翻译。只见后面刻着:

> 洁白的大地上,
>
> 撒着黑色的种子;
>
> 要想解开谜语
>
> 就去学习吧。

第五章 "鹅与长腿老爷爷"房间

那句"黑色的种子"瞬间吸引了菜穗子的注意。她记得医生曾说过，哥哥公一在看到《伦敦桥》那首童谣时提到过"黑色的种子"，那应该指的就是这句歌词吧。

此外，还有一个疑问，那就是房间的名字。看起来"启航"这个名字似乎和歌词之间并没有什么直接关联。

"这首童谣为什么要取名为《启航》呢？"菜穗子转头问道。

中村只是瞥了一眼墙上的壁挂，敷衍地答道："是啊，谁知道呢？"他正从登山包中取出一瓶白兰地，看样子他只是一门心思想将菜穗子灌醉而已。

他从柜子上取下白兰地酒杯，倒了三分满后递给菜穗子，接着自己也举起酒杯说道："来，先喝一杯。"

"你们每次来，住的都是这个房间吗？"菜穗子根本不打算接受中村的干杯邀请。

"是的，虽然我们也没有特意要求过一定要住这个房间。"

"那你应该知道这首童谣的意思吧？"

"我哪知道那么多？不过古川说他曾在书店还是哪里读到过。我和其他人不一样，我对这些事情一向没什么兴趣。"

大概发现对方不打算放过这个话题，中村也只好认真地看起了墙上的壁挂来。

"其实这也没有什么深意吧？无非是一个谜语罢了，关键在于要弄明白'洁白的大地上，撒着黑色的种子'到底是什么意思。其实谜底不就是印着文字的纸吗？挺无聊的东西。不过，以前倒是很流行这种单纯的谜语。"

中村一把拉过椅子劝菜穗子坐下，大概是恨不得快点结束这个话题吧。菜穗子无奈，只能依言坐下。可她就是冲着墙上的这幅壁挂来的，于是不死心地再次问道："这上面的内容和'启航'两个字之间到底有什么关系呢？"

正准备把椅子挪到菜穗子身边的中村，脸上闪过了一丝不耐烦。

"不知道。"

"好奇怪，到底是为什么呢？"

"我说菜穗子小姐，这些事情你还是去问老板吧。这些房间的名字就是他取的。和我在一起的时候，不是应该聊点我们俩的事情吗？"

"啊，也对，不好意思。"

中村听完松了口气，脸色也缓和了下来。不过下一秒，他又紧张地看到菜穗子放下手中的酒杯站起身来。

"怎么了，菜穗子小姐？"

"你说得对啊。"菜穗子莞尔一笑道，"我得去问老板了。不好意思，先告辞了。"

菜穗子关上门后，中村还一脸愕然地坐在那里。菜穗子离开不久，就听到身后传来了砸门的声音。估计中村也没有砸玻璃杯的魄力，只好扔些枕头之类的东西解解气吧。不管怎么说，菜穗子对这种蠢男人毫无兴趣。

柜台后边的老板虽然脸色看着不太好，但还是和颜悦色地接待了菜穗子，并且认真地回答了她提出的问题。

"你是想问'启航'这个名字的由来吗？这个问题很难回

第五章 "鹅与长腿老爷爷"房间

答呀。"

"你也不知道吗?"

"坦白说,我的确不知道。我从英国朋友手里盘下这座山庄的时候,那个房间就已经叫这个名字了。的确如你所说,壁挂上的内容和'启航'这个词看起来根本就毫无关联。"

"'启航'应该是经你翻译后用的名字吧。那原来是……"

"其实就是'start',虽然也可以翻译成'出发',但考虑到这是座山庄,所以我最终选择了'启航'这个名字。"

"'start'……原来是这样,原来是'start'呀。"

刚才由于中村一直催,菜穗子没来得及看清房门上的铭牌。

菜穗子默念起那首名为 Start 的童谣。歌词很短,所以并不难记:洁白的大地上,撒着黑色的种子;要想解开谜语就去学习吧……

"谜语"这个词让她的脑子微微一震。为什么这首童谣要取名为 Start 呢?

"难道是……"菜穗子不由得脱口而出。

正在埋头冲咖啡的老板似乎没听清楚菜穗子说了什么,便问道:"你说什么?"

菜穗子慌忙摇头道:"没什么。"

难不成,这就是解开密码的第一步?这是菜穗子刚刚才想到的。"start",不一定非得翻译成"启航"或者"出发",也可以理解成"开始"。而且歌词中的"想要解开谜语就要好好学习",更是怎么看都像是隐藏着解开密码的线索。

"多谢招待。"菜穗子兴奋地向老板道谢,甚至忘了自己压根没喝过东西，说完便急匆匆地返回房间，身上也由于兴奋而变得滚烫起来。

一回到房间，菜穗子立刻锁上房门，取出山庄的示意图，重新观察起了各房间的布局。果然如此！菜穗子连连点头。

如果忽略"伦敦桥和老鹅妈妈"，那么"开始"房间——菜穗子已经坚信"start"的准确翻译就是这个——恰好就位于最边上的位置。更何况，"伦敦桥和老鹅妈妈"本就在另外一栋楼。

菜穗子想起芝浦夫妇曾说过，公一当时认为解开密码的关键在于按顺序阅读各个房间的歌词。那不就意味着，只要从"开始"房间按顺序读下去，问题就能迎刃而解吗？要真是如此，那么下一首就应该是……

就在菜穗子看向"圣保罗"这三个字时，门口传来了"咔嗒"的开门声。应该是真琴回来了。门一开，真琴便用拇指和食指冲菜穗子摆了个"OK"的手势。

"看样子你收获不小呢。"

"你不也一样吗？"

真琴探头瞥了一眼走廊后，关上了房门。

"我有话要告诉你。"

"那就你先说吧。"

两人隔着桌子相对而坐。

菜穗子告诉真琴，她推测 *Start* 那首童谣的名字其实应该翻译成《开始》，而且它就是解开密码的第一步，歌词中提到了"黑色的种子"……真琴看着菜穗子写下的《开始》的歌词，不禁喃喃道："真是条好线索。"

第五章 "鹅与长腿老爸爸"房间

"那么问题就是,'黑色的种子'到底是什么意思。看来,还得再到医生他们的房间去看一看才行。"

"我也是这么想的。"菜穗子赞同道。

"对了,你的收获呢?你一定也打听到了不少东西吧?"

"还好吧。"真琴一笑,露出了雪白的牙齿。随后,她从牛仔裤裤兜里掏出一张字条,摊开给菜穗子看。上面的字迹棱角分明,稍微有点杂乱,像是出自男性之手。不过菜穗子一眼就能认出这是真琴的字迹。

"两年前坠崖身亡的那个人,名叫川崎一夫,生前是新宿一家珠宝店的老板,年龄在五十岁上下。那不是他第一次入住这座山庄,事发半年前的夏天他也来过一次。他是在来山庄后的第二天夜里从石桥上坠崖的,当时警方推测他是不小心滑下去的。"

"没有出现与眼下这起案件类似的作案手法?"

"过了这么久,早就无从查证了。但如果真是谋杀案,警察应该不至于连一点痕迹都发现不了吧。"

"也是。"

"大厨说他是个寡言少语、性格阴郁的人,平时似乎也不怎么和其他客人聊天。当时的那些客人,如今只剩下医生夫妇、芝浦夫妇还有江波这几个了,但那时大家还不太熟络,对那件事也没有过多关心。不过据大厨说,在参加川崎葬礼的时候,他从对方的亲朋好友那里得知,其实那件事的背后还存在着隐情。"

"隐情?什么隐情?"

菜穗子曾经听人说过,有关死者生前之事的流言就是在葬礼上传播开的。

"在这之前,还有件要紧的事要告诉你。"

真琴从来都不是喜欢装腔作势的人,甚少会用如此慎重的语气说话。

"关于这件事情,大厨几乎从不对人提起,当然也可能是从来就没人问起过。他告诉我他总会刻意回避这件事,不过你猜猜他最近一次跟谁提起过这件事。"

"这个……"

菜穗子陷入了沉思。既然真琴说得如此郑重其事,肯定是有什么深意的。想到这里,菜穗子突然抬头问道:"难道……难道是我哥哥?"

"没错。"真琴答道,"公一也知道这件事,并且还非常关注。也就是说,我们现在走的和去年公一走的几乎是同样的路线。"

"你是指,哥哥尝试解开密码一事,与两年前的那起案件并非毫无关联?"

"没错,接下来我们就来说说背后的隐情。"真琴竖起自己的三根手指,"一共有三点。"

"有三点?"

"是的,不过大厨一般似乎只会在人前提起其中的两点。个中原因稍后再说,我也先从这两点开始说。第一点,死者的亲朋好友都认为他不是死于意外,而是死于自杀。或者说,他的大部分亲朋好友都坚信这一点。"

"自杀?有什么证据吗?"

听了菜穗子的疑问,真琴伸出右手食指指了指自己的腹部。"川崎生前患有胃癌。虽然医生并未告诉过他实情,但他应该还是

第五章 "鹅与长腿老爸爸"房间

有所觉察的。"

"然后他就自杀了?"

"传闻就是这么说的。不过话说回来,就算得了胃癌也并不等于没救了呀。"

不过菜穗子觉得,也不能排除这就是他自杀的动机。

"第二点倒也不算什么大不了的事情,只是大家都喜欢在葬礼上谈论吧,就是出轨的事情。川崎生前是个赘婿,名义上是珠宝店的店主,但实际掌权的却是他的夫人,所以他这个社长也就是个摆设而已。据说,他甚至连珠宝鉴定的能力都没有。婚后不久,他就在外面找了个女人,还和对方生下了孩子。老社长得知此事后大发雷霆,最后还是付了笔赡养费给那个女人,这才让她彻底离开了川崎。不过川崎这花心的毛病根本改不了,身边也从没缺过女人。他的太太顾及颜面一直隐忍不发,但似乎已经在认真考虑离婚的事情了。"

这种事情倒也司空见惯,菜穗子不由得叹了口气。为什么男人都这样呢?

"但我哥哥不会对这种事情感兴趣的。"她有些焦躁地说道。

"我也这么觉得。接下来就是第三点隐情了。我问大厨是否对公一说过这件事,一开始他还吞吞吐吐的,犹豫了很久才决定如实相告。他说有一次喝酒的时候,他不小心对公一说漏嘴了。大概也正因如此,他才肯告诉我吧。不过,他还是千叮咛万嘱咐,让我们一定不要外传。"

"看来这件事情挺严重呢。"

"是啊,我觉得公一当时一听就会被吸引住。"

真琴开始加重语气，而且还时不时舔一下嘴唇，可见她此刻有多兴奋。

"川崎来山庄之前，其实已经和离家出走没有什么两样了。因为不管是他的夫人还是其他亲戚，都不知道他到底去哪儿了。直到他在山庄里出了事，他们才知道他原来住在这里。他们甚至都已经报过警，让警方协助寻找了。"

"哦？"

五十岁的男人离家出走……这也太奇怪了吧。或许，这种情况更应该被称为"人间蒸发"吧。

"他的家人推测，或许是他自知命不久矣，想在所剩不多的日子里尽情享受人生，这才决定离开家吧。确实，电影里也上演过类似的桥段。"

菜穗子想到了黑泽明导演的电影《生之欲》。

真琴继续说道："不过想享受余生，首先得有钱啊，可当时的川崎几乎可以称得上是身无分文的。为了防止他再和别的女人纠缠不清，他夫人不仅掌控着家里的全部财产，还严格控制了他的零用开销。无奈之下，他只能对自家店里的东西下手了。"

"难道他是带着偷取的珠宝跑了？"

"那倒不是，毕竟店里的东西被店员盯着，不好下手。他带走的好像都是一些还没加工成戒指或者项链的宝石。也就是那些准备拿去珠宝设计室加工的原材料，特别是钻石和翡翠，据说林林总总加在一起，价值高达好几千万日元呢。"

"好几千万？"

菜穗子曾经听人说过，一个顶级职业棒球选手的年薪也不过就

第五章 "鹅与长腿老爸爸"房间

是这个数。对于这么大的数字,她大概也只有用这种方式才能想象出来吧。

"也就是说,川崎怀揣几千万日元的财产离家出走了。问题就出在这里,因为在发现他尸体的时候,并未找到任何宝石。"

"会不会被偷走了?"

"也不能排除这种可能,但从警察的调查结果来看,并未发现任何盗窃的迹象。也可能是他在来山庄前就经历过什么事情,总之事情的真相至今仍是一个谜。"

"价值几千万日元的宝石不翼而飞……"

遗失财物的高额价值让菜穗子感觉有些恍然。如果自己有那么多的钱,会去买什么呢?

"嗯,以上这些就是从大厨那里听来的消息了。"仿佛要为自己漫长的讲述画上句号似的,真琴抬手抓了抓自己的头发,重新坐到了椅子上。

"我们不要把推理的重点放在这些事情本身上,而是要放在公一听了这些话后会做什么上。比如,公一当时会有什么感受?他会对什么感兴趣?等等。最重要的一点是,他当时为什么会痴迷于解开密码这件事?"

从真琴的语气可以听出,这一切都是她深思熟虑后得出的结论。而且,菜穗子也慢慢开始理解她的意思了。

"我觉得,当时公一大概是认为那价值几千万日元的宝石就藏在山庄的某个角落里吧?"

"而藏宝的线索就隐藏在那些密码里?"

真琴重重地点了点头。

"但是，设定密码的并不是川崎，而是这座山庄的原主人，也就是那个英国女人。为什么密码所指示的地点会是宝石的埋藏之处呢？"

"这些也只不过是我的推测罢了。"真琴说道，"或许川崎也知道《鹅妈妈童谣》里的内容其实就是密码，而且还成功破解了它们。或许自杀前正苦于不知该如何处理财物的他，恰好从中得到了启发，便想出了把东西藏到密码所指示的地点这个办法？用密码所指示的地点作为藏宝地，不是也挺浪漫的吗？"

菜穗子多少有点惊讶，不是因为真琴天马行空的推理，而是因为她居然说出了"浪漫"这个词。菜穗子一直以为，真琴应该是很反感这类事情的。不过，此时的真琴脸上也露出了些许害羞。

"有什么不同的看法吗？"

菜穗子摇了摇头说道："我完全赞同，只是有一点还不太明白，哥哥是怎么知道密码所指示的地点就是藏宝地的呢？"

"问得好。"真琴看起来依旧是一副深思熟虑的模样，"或许当时公一也并不确定，只是处于纯粹的推理阶段。不过事到如今，我们也不必再去考虑这一点了。因为事情的关键在于，公一为什么会想要去解开这些密码？"

菜穗子默默地点头同意。此刻的她也意识到，只要能弄明白哥哥死前到底在寻找什么、痴迷于什么，或许就能朝真相迈出一大步。

"如果哥哥生前还在为这事而努力破解密码的话，那他就更不可能自杀了。"

菜穗子虽然在尽力克制自己的情绪，但依旧能感觉到自己越说

第五章 "鹅与长腿老爷爷"房间

越激动。实际上,她已是满腔怒火。

"你说得没错!"真琴仿佛看穿了菜穗子的内心一般,重重地说道,"我敢说,公一根本就不是自杀的,而是被人杀害的。"

——是被人杀害的。

这句话再次重重地击在菜穗子的心上。哥哥是被人杀害的!

"凶手为什么要杀我哥哥呢?"

菜穗子双目湿润,一行泪水滑落脸庞。真琴屏住呼吸,凝视着菜穗子。

第六章
马利亚回家时

真琴将白天从江波那里听来的话转达给了刑警。简单说来，就是江波认为当时凶手就藏在卧室内，从窗户逃走后，又用某种特殊的方法锁上了窗户。

1

门外响起敲门声。菜穗子还以为又是高濑来喊她们吃饭了,结果打开门一看,居然是满脸紧张表情的江波。

"我就是想问问,"他说,"你们后来检查过窗户的插销吗?"

江波似乎对密室之谜异常执着。

"检查了,不过没什么发现。"

"是吗……"

他垂下眼帘,神色有些失望。

"嗯,请进吧。"

菜穗子侧身邀请江波进屋。他略微犹豫,然后说了声"打扰了"便走了进去。

真琴正坐在客厅里认真地看着山庄的示意图。江波看着散落在桌面上的山庄示意图和歌词感慨道:"原公一先生之前也时常这么做啊。"

跟着菜穗子走进卧室后,他径直走到窗前研究起了窗户开关的结构。他似乎一直觉得这里是整个事件的重点。

"果然,和我房间里的一样,也是防风挂钩。"

他一边摆弄着金属扣,一边嘟囔着。

"从外面用线或铁丝扣上的可能性很小。"

真琴不知何时也走到了菜穗子的身边。

第六章　马利亚回家时

"这里天气寒冷，为了抵御冷风，窗户的缝隙都被堵得严严实实的。"

"看起来的确如此。"

他起身，看起来已经放弃了。

"我只是觉得，应该还有一个办法。我以前在书上见过，就是将挂钩调整到马上就要落下的状态，然后在前端塞入雪块之类的东西进行固定。等凶手逃出去并关上窗户后，雪块慢慢融化，挂钩就会在自身重量的作用下掉落……"

"这倒是个常用的办法。只是这里的挂钩卡得很紧，很难单纯靠重力作用扣入。"

从真琴的口吻可以看出，她应该早就考虑过这个可能性了。大概是想掩饰自己的尴尬，江波挠了挠头后从窗边离开。

"也就是说，窗户从头到尾都被牢牢地锁着？那可就很复杂了啊，你们两个有什么想法吗？"

"我猜凶手就是从房门离开的。"

听到真琴的话，江波睁大了眼睛。

"有什么办法可以从房门出去吗？"

"比如用备用钥匙。"

"是吗，不过警方应该也调查过这一点吧？"

"嗯，除此之外，我还想再看看是不是可以利用机械装置来实现之类的。"

"好想法。"江波抱着双臂点头同意道，"我也再想想。如果有什么新的想法，我会第一时间告诉你们。"

"拜托了。"菜穗子低头道谢。

江波语气沉重地看着她说道："你哥哥很好，而且和我一样，都很喜欢推理。我们一直都聊得很投缘。我相信，一定能想出好办法的。"

说完，江波便离开了房间。看着门被缓缓关上，真琴有些失落地喃喃道："果真是密室吗？"菜穗子很理解她的心情。密码的确令人着迷，但眼下密室谜团同样必须解开。

门外又响起了敲门声，这次是高濑。

2

晚饭后，休息室里弥漫着一股尴尬、沉重、紧张的气息。虽然大家都一如往日般坐在棋牌桌前，医生也已经和上条开始往棋盘上摆放棋子了，但所有人看起来都是一副心不在焉的模样。中村和古川没有加入游戏，所以早早就躲回自己的房间去了。久留美和高濑则借口还有工作要忙，也已不知去向。

医生夫人正在教菜穗子和真琴玩多米诺骨牌，似乎只有这位夫人丝毫不受影响，依旧自顾自地说个不停。

"你到底打算怎么办？"大厨一边看着手中的扑克牌，一边高声问道。他先是看向正前方的老板，紧接着又转而看向此刻正坐在柜台前目不转睛地盯着众人的两个人。

"什么怎么办？"老板的声音很平静。

"所以……"

第六章　马利亚回家时

大厨看起来非常生气。

"他们为什么住在这里?"

"我不知道。"

老板平静地继续打着扑克牌。

"难道要找客人一个个问为什么住在这里吗?"

"没关系啦。"江波出面调解道,"他们大概还有些事要调查吧,毕竟明天一大早再过来也挺累的。"

"是啊,别生气啦。"

见芝浦也赞同江波的意见,大厨便没有再说什么了。

引发这场争吵的罪魁祸首——村政警部和年轻的中林刑警,正站在旁边若无其事地抽着烟,好像根本没有听到他们的对话一样。菜穗子用余光看着始终面不改色的两个人,不由得有些佩服起来。

"哎呀,我又赢了!"医生夫人开心地喊道。

十点过后,两个刑警回房去了,菜穗子和真琴也起身准备离开。见夫人一副很想挽留的模样,菜穗子只好说等明天再去她房间坐坐,这才总算让她满意了。

走到"圣保罗"房间的门口时,菜穗子和真琴对视了一眼,接着互相确认似的点了点头,随后菜穗子一脸紧张地敲响了房门。或许是不想惊动住在隔壁的中村,所以敲门声在她听来显得特别大声,着实把她吓了一跳。

开门的是中林刑警。菜穗子这才注意到,总是留着络腮胡的中林刑警居然长着一张娃娃脸。

中林睁着圆圆的大眼睛看了她们一会儿,然后像是猛然意识到了什么似的"啊"了一声。

"两位有什么事吗？"

"有件事想拜托您。"

菜穗子一边说着，一边看向屋内，只见村政矮胖的身影正从里面缓缓走出来。

"你们居然跑到男人的房间来，也太主动了点吧？"

矮胖刑警又开始说起无聊的玩笑话了。

"我们想看看壁挂。"

"壁挂？"

"能先让我们进屋吗？"真琴看了一眼休息室后低声说道，就像是在说什么秘密似的，这是在暗示她们不想让其他人发现。两个刑警自然看懂了，于是略带犹豫地让开了身体。

"我想看看壁挂上的歌词。"

说完，菜穗子走到壁挂前，掏出笔记本开始抄歌词。站在她身后的刑警们愣了一下。在看到她拿起笔后，村政才终于开口问真琴道："这首童谣有什么特别的含义吗？"

真琴没有立刻回答，似乎在考虑该怎么说才好，不过她最终还是选择了最简单的说法："这是咒语。"

"咒语？"警部十分惊讶，"那是什么？"

"就是……咒语。"

接着，真琴简短地将山庄每个房间的墙上都挂着《鹅妈妈童谣》的壁挂，以及壁挂的来历等情况向刑警做了说明。两个刑警既不知道什么是"鹅妈妈"，更没听说过所谓的"幸福的咒语"，所以脸上都写满了不解。为了缓解尴尬，中林刑警只好硬着头皮接了一句："最近好像很流行这些奇怪的东西啊。"

"我哥哥当时似乎一直在研究这个咒语的含义，因为这个咒语其实是一串密码。"抄完歌词后，菜穗子转头对刑警解释道。

"密码？"

大概是职业习惯使然，一听到这两个字，两位刑警立即变得严肃起来。

"你说的密码是什么意思？"

于是，菜穗子将川崎一夫的宝石与密码之间的关联详细地说了一遍。与真琴讨论后，她们还是决定将此事告诉警方。

但刑警感兴趣的，似乎只有二人居然对两年前的事情了如指掌一事，而听到川崎藏宝一事时，他们则只是露出了轻蔑的笑容。

"二位这是不相信吗？"真琴沉着脸说道，她似乎被两人的态度惹恼了，"听着就像童话故事，是吗？"

"别误会。"

村政有些夸张地同时摇着他的头和手。"这当然完全有可能。我只是很佩服你们独特的推理而已。确实，那些宝石至今还不知下落。只是……我不认为那件事和你哥哥的死有什么关系……当然，这只是我个人的看法。"

"但我哥哥当时的确在研究密码。"

菜穗子不禁有些愤怒。

"所以，只要我们也像我哥哥那样去研究壁挂上的歌词，就一定能查出点什么来。"

"这是你们的自由。"村政淡淡地答道，那语气就像在说"既然你们想玩侦探游戏，那就尽管玩吧"。

"不过，我们当时判定你哥哥死于自杀也是基于许多证据的，包括现场情况、动机以及人际关系等。所以，如果你们想推翻这个结论，那就请先拿出合理的证据吧。"

"比如密室？"

听真琴这么问，他淡淡地答道："嗯，包括密室。"

"综合所有人的证词，我们判断，将原公一先生锁在房间里的，只可能是他本人。如果你们有异议，那就给出一个更加合理的解释。请注意，必须要'更加合理'。"

换句话说，他绝对不会接受任何牵强附会或是"巧合"之类的说法。

"山庄里的一位客人曾经提出过一个很有意思的推理。"

真琴将白天从江波那里听来的话转达给了刑警。简单说来，就是江波认为当时凶手就藏在卧室内，从窗户逃走后，又用某种特殊的方法锁上了窗户。

一开始，村政还一脸严肃地问道："那找到从外面锁上窗户的方法了吗？"但听到真琴回答"还没"后，他便又立刻变回了那副满不在乎的模样。

"我想也是，毕竟我们当时也是仔细调查过的。"

"但我认为这表明了一种可能性。"

"你们的挑战精神很值得鼓励。对了，你们说的客人，是哪一位啊？方便告诉我一下吗……"

"是江波先生。"菜穗子答道。

村政平淡地"哦"了一下。

"他是个科学家，听说在公司里也时常提出一些特别的想法，

第六章 马利亚回家时

只不过往往都会因为太特别而几乎得不到支持。"

两年前的事件发生后,江波每年都会来这里住上几天,所以警方似乎早就详细调查过他的背景了。

"总之,正如我们白天说的那样,我们已经在全力调查眼下这起案件的凶手了。当然,如果在此期间发现此案与以前的某些案件之间存在关联,我们自然也会一起调查。明白我的意思吗?"

"明白了。"菜穗子有些不情愿地答道。

"那就晚安了,熬夜可是美容的天敌啊。"

他正准备开门,却被真琴给拦住了。

"那么,关于眼下这起案件的凶手,你们是否已经有头绪了呢?"

"你……"中林刚准备斥责,却被村政拦了下来。

"我可以很肯定地说,凶手现在就在这座山庄内。抓住他,就如探囊取物。"

"那么你们住进来,就是为了揪出这个真凶吧?"

"说实话,目前我们手里掌握的线索还不足以揪出真凶。不过可以说我们手里已经有了一只'香车',剩下的就差'步兵'了而已。[1] 好了,你们该回去了。"

村政绕到真琴身后,迅速打开了门,并用另一只手指着走廊说道:"我也想跟你们多聊会儿,不过很遗憾,手头还有些工作要处理。今天就请先回去吧。"

---

[1] 香车、步兵均为日本将棋中的棋子名称。——译者

真琴和菜穗子对视一眼后,轻轻地叹了口气。

"晚安。"菜穗子说。警部点点头,关上了门。

《圣保罗》的歌词及翻译如下:

> Upon Paul's steeple stands a tree
> As full of apples as may be;
> The little boys of London Town
> They run with hooks to pull them down:
> And then they run from hedge to hedge
> Until they come to London Bridge.

> 圣保罗塔上有棵树
> 树上结满了苹果;
> 伦敦的孩子们
> 全都拿着钩子冲过来摘苹果:
> 接着翻过一堵堵围墙
> 一直跑到伦敦桥。

这是菜穗子从村政警部的房间里抄来的歌词。菜穗子和真琴默默地看了一会儿,然后真琴开口道:"公一认为破解密码的关键在于按顺序来读每个房间的歌词,可是具体又该怎么处理呢?"

"处理?"

"就是不知道这些歌词属于什么类型的密码。例如,在密码学中，不是有一种把原来的文字或符号替换成其他文字或符号的方法吗？夏洛克·福尔摩斯的《跳舞的小人》和爱伦·坡的《金甲虫》中就出现过这种密码。不过山庄里的《鹅妈妈童谣》只是将由来已久的歌词重新进行了排列组合而已，所以应该不是那种类型的密码。"

真琴也是个推理爱好者，只是没到狂热的地步。这一点，从她说"夏洛克·福尔摩斯的《跳舞的小人》"而不是"柯南·道尔"，便可以看出来。

"还有其他类型的密码吗？"

"嗯，比如通过改变句中的文字顺序来解密的类型。举个简单的例子，直接将文字倒过来，或者将整齐的、横排的文字改成竖排之类的。不过这种方法也不能用在这里。"

"那还有别的类型吗？"

"还有一种，就是在句子的字词间加入多余的文字，让整篇文章看起来不知所云的类型。"

"这也不适用啊。这些歌词看起来也不难懂。"

"是的，前面提到的三种解密方法，要么就是密文内容晦涩难懂，要么就是呈现出一个符号列表的形式，所以都不适用于我们面对的这些歌词。"

"就没有哪种密码会写成常人能看得懂的文字吗？"

"从目的上来说，密文看起来不知所云，本就是无可厚非的事情，但也不意味着没有这样的先例。有些文章乍看之下平平无奇，但只要你把每一行开头或是末尾的字抽出来，就会发现隐藏在其中的信息了。嗯，类似于文字游戏，我给你举个例子吧。"

说着，真琴在便笺上写下了《伊吕波歌》，七字为一行，又在每行的最后一个字上做了记号。

花虽香芳曾留<u>此</u>
终会谢幻影照<u>人</u>
世上谈何常在<u>无</u>
凡尘俗世终因<u>罪</u>
今日名利抛泪<u>含</u>
俗梦已醒魂依<u>冤</u>
醉亦散销骨皆<u>亡</u>

"把每句话的最后一个字拼起来，就是'此人无罪含冤亡'。也就是说，这首诗中隐藏着有人含冤而死的信息，因此有人认为这首诗的作者就是那个含冤而死之人。"

"我的天！"听完真琴的说明，菜穗子不禁惊叹道。不光是对向来等闲视之的《伊吕波歌》中竟然藏着这样的秘密感到不可思议，更是惊叹于真琴的见多识广。

"我完全不知道还有这样的故事。"

"这早就是众人皆知的故事了。每次一提到隐蔽密码，大家都会以这首诗为例，我觉得但凡是个推理小说爱好者，就一定知道这个故事。所以你最好别出去炫耀，不然会很丢脸的。"

"啊，你可真扫兴！"

"所以，这次的加密方式很可能用的就是隐蔽密码，其实我已经试着重排过了……"

第六章 马利亚回家时

真琴说着从口袋里掏出笔记本。自从来到这里,她每天都会随身携带纸笔,因为说不定什么时候就会派上用场。

紧接着,她在笔记本上依次写下了鹅妈妈山庄里的房间名。

LONDON BRIDGE & OLD MOTHER GOOSE(伦敦桥和老鹅妈妈,别馆)

START(开始)

UPON PAUL'S STEEPLE(圣保罗)

HUMPTY DUMPTY(矮胖子)

GOOSEY & OLD FATHER LONG-LEGS(鹅与长腿老爷爷)

MILL(风车)

JACK & JILL(杰克和吉尔)

"我尝试了提出房间名的首字母或最后一个字母,但都没有发现有用的线索,而且这也不符合公一所想的按顺序阅读。也就是说,我暂时还找不出破解的方法。"

"哦……"

"我还以为看完《圣保罗》的歌词会得到一些启发呢,看来我还是太过乐观了啊。"

真琴很少会这么沮丧。她很想马上破解出来,却又丝毫没有头绪,这让她感到十分焦躁。见她如此沮丧,菜穗子的心里也很不好受。要不是因为自己,真琴又怎会如此低落呢……

"别想了,先去睡觉吧。"

话刚出口,菜穗子突然觉得自己居然会用这种语气安慰真琴,实在有些尴尬。不过她也知道，要是她不这么说，真琴可能就会在桌子旁一直坐下去。

或许是明白了菜穗子的心意，真琴淡淡地一笑。

"是啊，也得让脑子休息一下了。"

说完，两人便一起往卧室走去。

房间里的灯已经熄了好久，黑暗中，菜穗子睁开眼睛。自从来到这座山庄之后，她就总是睡不好觉，而今晚就更是睡不着了。换作往日，此刻隔壁床早就传来了均匀的呼吸声，可今晚却只能听到真琴在床上翻来覆去的声音。她和真琴一起出去旅行过很多次，这种情况还是头一次见。

"真琴……"

菜穗子轻轻叫了一声。真琴闻声停止了翻身。

"嗯？"她的声音依旧沉稳。

"刚刚那个，很有意思。"

"刚刚那个？"

"此人无罪含冤亡。"

"哦。"真琴似乎笑了一下，"那也没什么。"

"可是还挺有意思的呢。"

"那就好。"

"还有其他类型的密码吗？"

"其他类型？"

隔壁传来了沙沙作响的声音，大概是真琴移动了一下身子。也许是把手臂枕到脑袋下面去了吧，菜穗子心想。这是她躺在床上思考时的习惯动作。

第六章 马利亚回家时

过了一会儿，真琴终于开口了。"我也听说过一些关于转置密码的故事，就是将文字按照固定规则重新排列，从而得到一段不知所云的密文。早期的欧洲人很喜欢使用这种加密方式，某位学者似乎还专门研究过这个方法。"

"还有人花时间研究这个啊？"

"大概是喜欢玩这种文字游戏吧。我记得是一位叫惠更斯的荷兰学者。据说他是把原始文本分解成字母，然后按照 a，b，c 的顺序重新进行排列。这样生成的密文会突然出现八个连续的 a，接着是五个连续的 c。那好像是他发现土星环时写的论文。"

"当时的原文写的是什么？"

"原文是拉丁文，所以我只知道翻译后的内容，大致意思就是'土星有环围绕，既薄又平，与土星各处不相接触，与黄道斜交'。"

"这就是土星环吗？"

"据说是的。"

"唔……"菜穗子努力想象着土星环的形状，随意说了一句，"原文就跟密码似的让人看不懂。"

"是啊……"

又是一片寂静。就在菜穗子准备说晚安的时候，隔壁床突然传来了掀被子的声音。借着朦胧的月色，可以看到真琴爬了起来，正在穿拖鞋。她的呼吸似乎有些急促。

"怎么了？"

"我大概知道了。"真琴突然说了一句奇怪的话，"我应该能破解出来了。"

菜穗子也跟着跳下了床。真琴开了灯,灯光瞬间有些刺眼。

两人坐到桌子两旁,再次仔细研究起了《圣保罗》的歌词。圣保罗塔上有棵树……

"原来居然这么简单,这首童谣的歌词根本就不是什么密码。"

真琴紧咬牙根盯着歌词。菜穗子觉得,真琴似乎是在为居然一直没注意到如此重要的线索而懊恼。

"直接读下去就可以了,这首童谣的歌词根本不需要做任何处理。"

"直接读?"

真琴用手指着其中几处地方说道:"圣保罗塔、围墙,还有伦敦桥。看到这三个词,你能联想到什么?"

菜穗子听完十分吃惊,又重新读了一遍歌词。真琴会这么问,就代表她看到这些词后已经联想到了某些东西。圣保罗、围墙、伦敦桥……可无论再念几遍,菜穗子也无法看出点什么东西来。

"你知道圣保罗大教堂吗?"

菜穗子轻轻摇头。

"那这对你来说可能就有些难度了。圣保罗大教堂有一个很高的尖顶,而它正是因为这个尖顶的高度而闻名于世的。你听到'尖顶'这个词时,会联想到什么?"

"尖尖的屋顶……"

菜穗子的眼前闪过一个画面。这次不是幻想了,而是她真的见过这个画面,而且就在最近……她张开嘴,深吸了一口气。

"别馆的屋顶?"

医生夫妇的房间是一栋单独的小楼,那边的屋顶异常尖锐。

第六章 马利亚回家时

"没错,那么'围墙'和'伦敦桥'呢?"

这就简单了,菜穗子立即回答:"砖瓦屋顶和后面的石桥吧?也就是说,这里出现的东西,都可以替换成山庄里的类似物体,对吧?"

菜穗子终于知道为什么真琴会说"简单"了。

"对。所以这根本就不是什么密码,准确来说应该是某种提示。《开始》的歌词也是如此。'洁白的大地上,撒着黑色的种子,想要解开谜语就要好好学习……'这应该是在暗示,想要破解密码,就要好好学习《鹅妈妈童谣》。只是我现在还没想明白'黑色的种子'到底指的是什么。"

"既然这不是密码,而是提示……那应该只要理解其字面的意思就可以了吧。"

"这样一来,《圣保罗》的歌词就应该是这样的意思,"真琴拿着笔记本,打着节奏说道,"从别馆偷走苹果,翻过围墙后,到达石桥。"

"我太兴奋了。"

"是吧。"真琴也笑着说道,"所以,这其实就是一个行动指南。先去别馆,然后沿着围墙走到石桥……"

"那这个'从别馆偷走苹果',又是什么意思?"

"我觉得这句话应该是解读全文的关键。"

真琴的眼里又恢复了自信。

3

次日吃早饭时，村政询问高濑的声音传入了菜穗子和真琴的耳中。其他客人都有意识地远离那位矮胖刑警，纷纷在角落里坐着，只有菜穗子她们选择了离他们最近的桌子，以便获取更多信息。村政似乎并不介意她们偷听。

"烧炭小屋吗？"

首先传来的是高濑的声音。村政微微点头。

"最近应该没人去过那里……那间小屋怎么了？"

"你也没去过吗？"

"没去过。"

"山庄的客人中，有谁知道那间小屋吗？"

"嗯……我从来没有告诉过其他人，但如果有人到附近散过步的话，或许就会发现。"

"是吗？好的，非常感谢。"

村政向高濑道了谢，然后对菜穗子和真琴比了个别有深意的"胜利"的手势。

吃完早饭后，两人决定分头行动，真琴去镇上查找《鹅妈妈童谣》的相关资料，菜穗子则去医生夫妇的房间调查线索。高濑会开车送真琴过去。

"咦？"

第六章 马利亚回家时

真琴正打算从玄关的鞋柜里取鞋,突然发现鞋子的位置发生了变化。

"我的也是。"

菜穗子好不容易才从高处取下雪地靴,她肯定不会把鞋放得那么高。

"这么说,昨晚刑警们应该调查过这里。"

"调查鞋子?"真琴问高濑。

"嗯,不过我不知道他们具体是在查什么。"

菜穗子和真琴对视了一眼,两人的眼中都写满了疑惑。光看鞋子能看出什么呢?

"烧炭小屋在哪里?"上车前,真琴问高濑。

"山谷对面。"高濑答道,"过了石桥就到了。"

"原来如此。"真琴似乎明白了,扭头看向菜穗子说,"派对当晚,大木是在过桥时坠落谷底的。警方肯定也好奇他究竟打算到桥对岸做什么,于是便发现了那间烧炭小屋,说不定他们还发现了最近有人去过那里。"

"大木为什么要去那间烧炭小屋?"

"只要弄清这个问题,真相也就水落石出了。"

"如果有时间,我就过去看看。"

"也好,不过别太勉强,当务之急是另一件事。"

"我明白。"

"大木真的是被人杀死的吗?"高濑问道,他当然也意识到了此事没那么简单。

"如果有凶手的话就是。"

真琴说着便上了车。

目送他们离开后，菜穗子并没有回房，而是径直去了医生夫妇的房间。菜穗子本以为他们已经出去散步了，可刚一敲门，里面就传来了夫人精神饱满的声音。见门口站着菜穗子，她显然更开心了。

"我这就去给你泡茶。"

医生此刻并不在屋里，夫人说他去泡澡了。

在日本茶的香气中，两人闲聊了一会儿后，菜穗子才提起密码的话题。

"我哥哥当时有说过关于《鹅妈妈童谣》的事情吗？哪怕只是些琐碎的小事。"

"唔……"

夫人转头盯着墙上的壁挂思索了一会儿。"我记得他当时盯着这首童谣看了很久，但好像没有表达过什么感受，每次来都是看完就回房了。"

"这样啊。"

菜穗子突然想起，公一手里就有《鹅妈妈童谣》，里面一定收录了《伦敦桥》这首童谣。既然如此，那哥哥为什么要特意来这里看壁挂呢？

难道是因为壁挂上的歌词和书上的不一样？

要是这样，那就能说得通了。可两个版本的歌词间到底有什么差别呢？

突然，她的目光落在了壁挂上《伦敦桥》开头的几句上：

第六章 马利亚回家时

London Bridge is broken down.

Broken down, broken down,

London Bridge is broken down,

My fair lady.

菜穗子的目光落在第一行结尾的那个句号上。同样的一句话，第三行是以逗号结尾的，那第一行为何又是以句号结尾的呢？她起身走过去，仔细检查了一下那个地方。确实是句号，没错。

"这里有点奇怪。"菜穗子对着夫人说道。夫人闻言眯着眼看向菜穗子手指的位置。

"你说这里啊？应该只是手误吧。可能一开始打算刻逗号的，结果没刻好，就成了句号了。"

不，应该不是单纯的手误，菜穗子心想。没有哪幅壁挂上出现了这种错误，而且把句号改成逗号也不是什么难事。

菜穗子确信其中一定隐藏着什么重要的信息。公一当时想必也注意到了这一点，所以才会几次跑到这里来，试图找出用句号代替逗号的真正原因。

突然，菜穗子想到了另一首童谣。上次来的时候，医生曾说过，公一当时好像提起过"黑色的种子"。"黑色的种子"，指的难道就是逗号和句号？

还有《开始》那首童谣。

"洁白的大地上，撒着黑色的种子；想要解开谜语就要好好学习。"

原来如此，菜穗子感到一阵颤抖。这首童谣中说的"学习"，应该不单是指研究《鹅妈妈童谣》。公一当时一定也意识到了这一点。

"不好意思。"

菜穗子一边说着，一边打开笔记本开始抄歌词。

抄完后，菜穗子拜托夫人再让她去二楼看看。紧接着，她就发现《老鹅妈妈》中也出现了一个很不自然的句号，就在第二行的结尾。

Old Mother Goose,
When she wanted to wander.
Would ride through the air
On a very fine gander.

从语法上来说，这里本不该使用句号。菜穗子确信，这就是破解密码的重要线索。

她抄完歌词，对夫人道了谢后就离开了房间。

从别馆的出口出去后，她绕到了山庄后面，口中还念着《圣保罗》那首童谣的后半部分。

"……接着翻过一堵堵围墙一直跑到伦敦桥。"

这里的"围墙"，指的应该就是这座山庄的围墙。沿着围墙继续前行，自然就会绕到山庄后面的石桥边。不过现在石桥已经被警戒线围起来了，无法再像过去那样靠近查看了。

——下一首是《矮胖子》。

"矮胖子坐在高墙上……"

第六章 马利亚回家时

菜穗子看了看自己的身后。鹅妈妈山庄被围在围墙中。如果按照歌词的提示来行动，那下一步就应该爬上围墙。可是爬上围墙后应该做什么呢？总不能真的像童谣里唱的那样从围墙上翻过去吧？

——坐在围墙上，又能看到什么呢？

菜穗子被自己这个突然冒出来的念头所触动。爬上围墙远眺石桥——这听起来倒是挺有解密的感觉。

这么一想，她果断走到了围墙边。围墙约有两米高，菜穗子捡了些砖块堆好，踩着它们爬上了围墙。

眼前的景色真的是太美了。尽管今天天气不算好，能见度也不高，但远远望去，还是颇有种水墨画的意境。不过菜穗子并非为了欣赏美景才上来的，她要找的是破解密码的线索。只是她此刻能看到的，也就是雪山、断桥和让人看了双腿发软的深谷而已。

"你可真勇敢。"

一个声音从下面传来。菜穗子低头一看，原来是戴着墨镜的上条正抬头看着自己。

"能看到什么吗？"

"什么也看不到。"

菜穗子正准备下来，上条突然看着远方说了一句："你哥哥当时也经常这么做呢。"

菜穗子闻言停了下来。

"我哥哥？他看的是什么？"

"我也不知道呀，但我不认为他会是那种特意爬上围墙欣赏风景的人。"

"上条先生。"

见菜穗子如此郑重,上条也不由得严肃了起来。

"你知道些什么吗?我是指……关于我哥哥的死。"

上条略显夸张地摆了摆手。

"你高估我了。我什么都不知道。我只是个什么也不知道的客人罢了。"

说罢,上条便离开了。

真琴不到中午就回来了。出现在菜穗子面前的,是一套《鹅妈妈童谣》和一张略显疲惫的脸。

"完全找不到任何线索。"

回到房间后,真琴抱怨着把书摊开放在桌面上。她说的应该是那套《鹅妈妈童谣》。

"几乎没有日本专家会把英国传统童谣作为研究对象,也没有哪个大学的学生会以此作为毕业论文的主题,所以根本就找不到相关的文献。无奈之下,我只能买了套《鹅妈妈童谣》,这还是找了三家书店才买到的。"

"辛苦你了。"

菜穗子一边道谢,一边随手翻起了书。这套书共有四册,皆为谷川俊太郎所译。

"哦,对了。在回来的路上,我发现了一件有趣的事情。

真琴从四册书中取出一本,翻到她事先折过书角的页面。那一页上印的正是《伦敦桥》。

"我记得此前医生夫人说过,伦敦桥无论重建多少次都会被冲毁，于是人们不断升级材料，最后用了石块来建造。但这本书里写的却是人们最后用金和银建造了大桥，为了防止被盗还派人日夜守护。和医生夫人所说的不一样。"

> Build it up with silver and gold,
> Silver and gold, silver and gold,
> Build it up with silver and gold,
> My fair lady.
> ……
> Set a man to watch all night,
> Watch all night, watch all night,
> Set a man to watch all night,
> My fair lady.
> ……
> 用银和金把它盖好，
> 银和金，银和金，
> 用银和金把它盖好，
> 我美丽的淑女。
> ……
> 找个人整夜看候，
> 整夜看候，整夜看候，
> 找个人整夜看候，
> 我美丽的淑女。
> ……

"还真是！夫人怎么会弄错呢？"

菜穗子不禁想起夫人说起这个故事时满脸自信的模样。

"据说《伦敦桥》这首童谣其实有八节和十二节两个版本。夫人说的大概是八节的版本，那也是比较忠实于历史事实的版本。然而，这个十二节的版本才是伦敦桥那段黑暗、恐怖的历史的真正体现。"

"黑暗、恐怖的历史？"

真琴连忙解释说伦敦桥的历史与山庄命案之间并无直接联系。

"过去的人们在修建桥梁、城池等高难度建筑时，会借助'人柱'的力量。"

"人柱？"

"就是在竣工时埋下活人的一种仪式，据说具有驱邪祈福的效果。除了英国外，当时世界上的很多地区都有这种习俗。"

"活埋？太残忍了吧……"

"西方世界里，人柱似乎就有守卫的意思。所以伦敦桥在竣工时，一定也曾掩埋过人柱。这首歌描绘的大概就是当时的悲剧吧。"

"好黑暗的一首童谣啊！"

菜穗子又念了一遍这首童谣的歌词。如果不考虑密码之类的事情，只是单纯地念下来，的确不难体会到歌词中的神秘感和阴森感，从而联想起很多事情。

"好了，该回到正题了。"

真琴像是要抹去菜穗子的感伤似的合上了书。

"很显然，《伦敦桥》提到了'掩埋'的事情，只是并没有出现

第六章　马利亚回家时

在歌词中。如果我们把它理解为密码,是不是就意味着'桥下埋着什么东西'?

"难道,那些宝石就埋在石桥下面?"

见菜穗子突然激动起来,真琴用右手示意她先冷静一下。

"我觉得没那么简单。不过,那些宝石应该的确就藏在石桥附近。"

"哦,对了,我想起来了。"

菜穗子将自己在医生夫妇房间里发现《伦敦桥》壁挂上逗号和句号错用的事说了一遍。更重要的是,公一当时也在调查此事。

"唔,黑色的种子……啊,这到底是什么意思呢?"

真琴像个名侦探似的交叉双臂,单手托着下巴。

在随后的大概一个小时内,菜穗子和真琴一直盯着那套《鹅妈妈童谣》研究,尤以出现在山庄各房间壁挂上的那几首童谣为重点。可她们越读越觉得这些童谣的内容费解,根本发现不了任何有用的线索。

"这首好像也有些深意,只是看不太懂。"

真琴指的是《杰克和吉尔》。

Jack and Jill went up the hill

To fetch a pail of water;

Jack fell down and broke his crown,

And Jill came tumbling after.

杰克和吉尔上山坡

> 拎着水桶去打水；
> 杰克一跤摔破头，
> 吉尔跟着也摔倒。

"这个故事源于北欧的月亮神话，说的是一个叫优奇的孩子和一个叫比尔的孩子在打水途中被月神绑走的故事。不过也有人指出，上山打水的说法不合常理。"

"江波就住在'杰克和吉尔'那间吧？"

"是的，我们还是要过去看看才行。"

真琴用指尖碰了碰山庄示意图。

"还有一点我一直想不明白。"

说着，菜穗子将正在翻看的那一页递给真琴，上面印的正是那首《鹅之歌》。这本书中收录的自然是与《长腿老爷爷》合并后的版本。

"房间壁挂上的歌词为什么要特意改回原先的版本呢？如果只是打算取其意思，我觉得现在这样也完全没问题啊。"

"是啊，确实很奇怪。为了编写密码，必须在那个房间里挂《鹅之歌》。但因为那个房间有两层，所以必须准备两首童谣。于是，就强行把《鹅之歌》拆成了两部分……你觉得这样合理吗？"

嘴上虽然这么说，但真琴的脸上依旧写满了疑惑。

两人在山庄里吃了午饭。不出所料，今天的休息室里一个人也没有，大概谁也不想在刑警的眼皮子底下吃午饭吧。不过，其实就连刑警也不见了。久留美站在柜台后边，胖胖的大厨坐在椅子上。

第六章 马利亚回家时

"这个世界啊,可真是够讽刺的。"给菜穗子和真琴端上火腿吐司和咖啡时,大厨低声说道,"这个世界上的男人和女人多得就像天上的星星一样,可好男人偏偏就遇不上好女人。你们两个这么好的女孩天天腻在一起,那岂不是注定会有两个好男人找不到对象吗?"

"我怎么觉得你是在说自己呢?"久留美一边看着杂志一边调侃道。

"我的身板可以顶得上两个人,这么算起来也就合理了。对了,还有一件讽刺的事呢。"

他将粗壮的手腕伸进裤兜,接着掏出了一张纸。

"我们山庄的房间,都已经满约到明年二月份了,刚才还有人打电话来预订房间呢。之前我们打了那么多广告都没有激起任何水花,谁能想到那件事被这么一报道,居然还能吸引来那么多游客。你们说,这是不是很讽刺?简直就跟回光返照似的。"

"回光返照?"正在嚼着火腿吐司的真琴抬起头来问道。

"你们打算关门吗?"菜穗子问道。

"老板他啊,"大厨说着,又把那张纸塞回了裤兜,"说不想再开下去了。我也不想勉强他。"

"累了吧。"久留美说道。

"也许吧。"大厨同意道。

"事情本不该变成这样的。我希望永远不会变成这样,但它偏偏已经变成这样了。所以结论就是,这里应该马上就要关门了。"

"那这座山庄怎么办?"真琴轻声问道。

"拆了吧,反正也不会再有买家了。"

"所以你和老板也要分道扬镳了吗？"久留美有些落寞地问道。

可大厨听完却哈哈大笑起来。"我不会离开他的。我们俩算是绑在一起了，就跟你们一样。"

说完，他看了菜穗子和真琴一眼。

"是不是有些难以理解？不过在这个世界上啊，就是会有我们这样的人存在的。我们不管离得多远，似乎都会被冥冥中的某根线所牵引，最后重新走到一起。即便在旁人看来，我和他似乎不像能合得来的样子，可一旦走到一起了，我们就能相处得十分融洽。"

菜穗子手中的勺子突然掉落，但她的目光依旧飘在空中，似乎完全听不到金属碰撞地面的声响。

"怎么了，菜穗子？"

"嗯？我说了什么让你不开心的话吗？"

真琴摇了摇菜穗子的肩膀，她这才终于回过神来。

"我明白了，真琴。"

"明白了？明白什么了？"

"我吃饱了。"

菜穗子起身快步离开，留下了大半个火腿吐司和一口都没喝过的咖啡。真琴似乎也吃了一惊，她冲呆呆望着菜穗子背影的大厨和久留美点了点头后，立刻追了上去。

回到房间后，菜穗子控制着激动的心情翻开笔记本。她要找的是《鹅之歌》和《长腿老爷爷》。

"找到了。"

菜穗子轻轻叫了一声，接着将笔记本摊在桌上。

第六章 马利亚回家时

Goosey, goosey gander,

Whither shall I wander?

Upstairs and downstairs

And in my lady's chamber."

大鹅，大鹅，你来看，

我该去哪里流浪？

楼上看楼下看

去我夫人的房里看。

Sing a song of Old father Long Legs,

Old father Long Legs

Can't say his prayers:

Take him by the left leg,

And throw him downstairs.

一起来唱长腿老爷爷之歌，

长腿老爷爷

不肯说出他的祷告：

我用左腿踢他，

让他摔下楼梯。

"你这是怎么了？"

真琴不知何时已经来到菜穗子身后，视线也落在了笔记本上。菜穗子用手指着眼前的童谣。

"芝浦夫妇的房间里，一楼和二楼壁挂上的歌词不是可以拼接在一起吗？这是否意味着，医生夫妇房里的两首童谣也应该拼接起来看?"

"医生夫妇的房间……你是说把《伦敦桥》和《老鹅妈妈》这两首童谣拼接起来?"

"是啊。"

"那要怎么拼接呢?"

"看句号和逗号的位置。"

菜穗子说着,在每首童谣中的句号和逗号上都做了记号。

"我一直以为只要单纯把两首童谣拼接在一起就行了,其实并非如此。《鹅之歌》告诉了我们正确的拼接方法,关键就在句号和逗号上。首先要删除第一个逗号前的那句'一起来唱长腿老爷爷之歌',再将剩下的部分拼接到《鹅之歌》的后面。"

菜穗子示意真琴看芝浦佐纪子写的歌词。

Goosey, goosey gander,
Whither shall I wander?
Upstairs and downstairs
And in my lady's Chamber.
Old father Long Legs
Can't say his prayers:
Take him by the left leg,
And throw him down stairs.

"那么,《伦敦桥》和《老鹅妈妈》也是用同样的方式拼接起来吗?"

第六章　马利亚回家时

"可能没那么容易,不过我们先试试吧。"

菜穗子将笔记本翻到写有那两首童谣歌词的页面。

London Bridge is broken down.
Broken down,broken down,
London Bridge is broken down,
My fair lady.
Old Mother Goose,
When she wanted to wander.
Would ride through the air
On a very fine gander.

"基于《长腿老爷爷》那首童谣的做法,我把《老鹅妈妈》中第一个逗号前的那句'鹅妈妈老了'删除,剩下的歌词全部拼接到《伦敦桥》那首童谣的后面去……"

菜穗子在笔记本的空白处写下了将两首童谣拼接在一起后的结果。

London Bridge is broken down.
Broken down,broken down,
London Bridge is broken down,
My fair lady.
When she wanted to wander.
Would ride through the air

On a very fine gander.

"这……完全看不懂啊。"

"等一下……《鹅之歌》中,第一个句号所在的那句话被放在了最后。如此一来,我们可以把第一个句号后面的句子全部删除。没错!这就是为什么《伦敦桥》和《老鹅妈妈》都在奇怪的地方用了句号。"

"那……岂不是每首童谣都只剩下一行了?"

真琴将剩下的这两行写在纸上。

London Bridge is broken down
When she wanted to wander

"这样就能勉强翻译出意思了吧?"

"嗯……当她想出门时,伦敦桥就会倒塌……吗?"

真琴刚说完,菜穗子就拍手道:"没错!肯定是这样。这样不就很有密码的感觉了吗?"

"感觉倒是有了……可还是看不懂啊。"

"别着急。"菜穗子得意地说道,看起来她对自己的推理很有自信。

"下一首就是《风车》了,对吧?写的是一件极其稀松平常的事:当风起时,风车转;当风止时,风车停。"

"在这里。"

真琴在《鹅妈妈童谣》中找到了《风车》。

第六章 马利亚回家时

When the wind blows,

Then the mill goes;

When the wind drops,

Then the mill stops.

"看不懂啊，现在该怎么处理这首呢？"

"看样子不能光看歌词的意思啊。"

"不。就像刚才以《鹅之歌》和《长腿老爷爷》为标准将《伦敦桥》和《老鹅妈妈》也拼接起来一样，以拼接后的歌为参考将《风车》进行变形。"

"还要继续变形啊……可这两首的句号和逗号看起来都没有任何问题啊。"

"一定还有其他线索。"

菜穗子望着两人刚刚想出来的那句"London Bridge is broken down When she wanted to wander"，同时逐字逐句地对照《风车》中的歌词。这里面一定藏着什么重要的提示。突然，她的视线落在了一个词上——"When"，这个词的意思是"当……"。

"这个'When'，是不是有什么深意？"

听她这么一说，真琴点头同意道："我也正好在想这个词。"

"两个句子都是'当……时'的句式，只不过《风车》写的是'风起时'和'风停时'这两种完全相反的情况。"

"那我们就试试改写刚刚那句话？"

"改写？"

"比如这样。"

菜穗子在笔记本上写下了如下句子。

> When she wants to wander,
> Then London Bridge is broken down;
> When she does not want to wander,
> Then London Bridge is not broken down.

"当她想出门时,伦敦桥就会倒塌;当她不想出门时,伦敦桥就不会倒塌……大概是这样,听起来有点奇怪。"

"要再提炼一下说法。《风车》里并没有用'not'的说法,而是用了反义词,或许我们也要用反义词来处理一下。"

"'出门'的反义词是'回家'……"

"'倒塌'的反义词是'建造'……不过既然说的是桥,或许应该用'架设'一词。如此一来,这句歌词便成了'当她回家时,伦敦桥就会架设起来'。"

"对,这样好一些。可是这里的'她',指的又是谁呢?"

"'风车'房间之后就是'杰克和吉尔'房间了。'杰克'应该是个男用名,那'吉尔'呢?"

真琴看着书说道:"有人说是男用名,也有人说是女用名。"

"那这个'她',指的应该就是'吉尔'了。"

"这也太随意了点吧?'杰克和吉尔'房间和其他房间都离得比较远。"

"但也没有其他房间了呀。'风车'房间的另一边好像只有个休息区……"

第六章　马利亚回家时

"是啊……"

真琴从椅子上站起来，交叉双臂绕着桌子走来走去，不时看一眼散落在桌上的笔记，大概是为了验证之前的推理过程吧。

"啊……我哥哥到底是怎么解密的啊？"

菜穗子急躁得抱住了自己的头。此前的解密过程比预期中顺利很多，谁知偏偏就卡在这临门一脚上，真是让人焦急。

"你哥哥……对啊！"

听到菜穗子的话，真琴停下脚步。

"公一不是通过明信片问过你'马利亚什么时候回家'吗？"

菜穗子缓缓抬起头，看着真琴。

真琴继续说道："'风车'房间的另一边是个休息区，那里放着一张圆桌……还有，马利亚的雕像……"

两人十分默契地同时叫了起来。

"当马利亚回家时，伦敦桥就会架设起来！"

菜穗子迅速跑进卧室，从包里翻出了公一的那张明信片。

"这里的'她'，指的应该就是马利亚吧？所以那里才会放马利亚的雕像。"

真琴低声道："所以公一才会提了一个这么奇怪的问题。如此一来，就可以证明我们到目前为止的推理都是正确的。"

"已经追上你哥哥的进度了。现在该由我们来研究'马利亚什么时候回家'的问题了。"

4

太阳已经开始西落。

菜穗子和真琴拿着铲子,小跑着冲下覆雪的山路。一路上,她们时而看手表,时而紧张地频繁抬头望向西边的天空。

不同于体格健硕的真琴,菜穗子觉得自己的心脏都快裂开了。汗水流进眼睛,肺部也疼得快受不了了。要是换作平时,真琴肯定会劝她"别勉强自己",但今天真琴只说了句"加油"。当然,菜穗子自己也完全没有歇息的打算。因为,她们的时间已经不多了。

——晚霞出现,便是伦敦桥架设起来之时。

菜穗子在心中不停地重复着这咒语,似乎这样可以减轻自己的痛苦。

注意到《七星瓢虫》这首童谣的是真琴。当时她拿着书迟迟说不出话来,深吸了一口气后,才将那一页递到菜穗子面前。

Ladybird, ladybird,

Fly away home,

Your house is on fire

And your children all gone;

第六章　马利亚回家时

All except one

And that's little Ann

And she has crept under

The warming pan.

七星瓢虫，七星瓢虫，

快快飞回家，

你的房子着火啦

你的孩子被火烧到了；

只剩下一个了

就是小安

小安爬进

被炉里了。

在西方，"七星瓢虫"通常会与"圣母"，也就是马利亚联系在一起，而"你的房子着火啦"指的是天空变红了。

"也就是晚霞。"

真琴一脸严肃地望着菜穗子。

"这首童谣唱的是'夜幕即将来临，快回山里去吧'。也就是说，马利亚会在夕阳西下时回家。"

"那时，伦敦桥就会架设起来吗？"

"是影子。"真琴低声说道，"石桥的影子会在夕阳下延伸。虽然石桥已经断了，但它的影子还可以连在一起。"

"如果挖下去……啊，还有《杰克和吉尔》那首童谣啊。"

"杰克和吉尔上山打水了……是这么说的吧？打水需要先挖

井，我觉得这就是在暗示我们要去那里开挖。"

真琴走进卧室，打开窗户。今天是个难得的大晴天，只是太阳很快就要落山了。

"走吧。"真琴牵起菜穗子的手，"要不然不知道什么时候才能等来下一个晚霞了。"

即使到了谷底，脚下的路也依旧难行。虽然积雪不深，但到处都是覆着一层薄冰的岩石，一不小心就可能滑倒。可眼看太阳就要沉入山的另一边了，两人也顾不得脚下，一心只想迅速到达目的地。

"虽然最近没怎么下雪，但积雪还是不少啊。"走在菜穗子前面的真琴说道，就连她的呼吸此刻也有些急促了。

"听高濑说，我们来这里的前一天……下过一场大雪呢。"

菜穗子都快喘不上气了，但她看到真琴的后背开始变红，就知道晚霞已经爬上了天空。两人的脚步不由得又加快了几分。

"看！"爬上一块大岩石后，真琴指着石桥的方向喊道。只见石桥的影子在谷底慢慢延伸，果真如真琴所料，原本断开的石桥影子似乎马上就要相连了。

"就在那附近了，快过去。"

真琴加快了脚步。菜穗子已经完全追赶不上她了，便索性跟在后面慢慢走，让真琴先行一步确定位置。

太阳一旦开始落山，夜幕很快便会降临。等菜穗子终于走到真琴身边时，四周已经渐渐暗了下来。

"怎么了？"

见真琴停在那里没有动，菜穗子有些奇怪，但真琴依旧呆呆地

第六章 马利亚回家时

盯着自己的脚下。

"怎么了？"

听到菜穗子又问了一句，真琴这才指了指脚边的地面。在这片混杂着积雪的地面上，只有那里露出了黑色的土壤。

"是这里吗？"菜穗子看着真琴的侧脸问道。

真琴沉默地点了点头，接着说了句"挖吧"后，就将铲子插进土中。可能是水分太多的缘故，这里的泥土十分松软，挖起来倒也不费力。

"我也来。"

菜穗子跟着动起了手，虽然水分多的土壤也相对比较沉重，但土里倒是没有什么大块的石头。

终于，真琴的铲子发出了"哐"的一声，应该是碰到了什么硬物。菜穗子不由得紧张起来。

真琴蹲下来，小心翼翼地拨开上面的泥土。天色愈发暗了，菜穗子掏出手电筒，借着光亮可以看出眼前是一个破旧的木箱。

"看着像是装橘子用的箱子。"真琴自言自语般说道。

"打开看看吧？"

菜穗子还没说完，真琴就已经把手放在了盖子上。菜穗子本以为盖子会用钉子固定，结果真琴轻轻一掀便打开了。

"果然不出所料。"真琴看着箱子里面说道。

"不出所料？"菜穗子也探头看了一眼，然后失望地叹了口气。

箱子是空的。

"为什么……是空的？"

"很简单。"真琴淡淡地答道，"有人抢先一步拿走了里面的东西。"

"有可能。"

身后突然传来的声音，把菜穗子吓了一大跳。真琴也紧张地迅速起身，在看清来人是谁后才又放松了下来。只见村政警部和中林刑警正穿着橡胶长靴费力地朝二人走来。

"村政警部……你们怎么来了？"真琴一脸惊讶地问道。

矮胖刑警轻轻摆了摆手答道："别误会，我们不是在跟踪你们，只是看你们带着这么多东西出来，所以跟过来看看怎么回事。"

说完，他瞥了一眼两人挖出的土坑。

"看样子已经有人挖过这里了。"

"那个人，就是杀害公一的凶手。"真琴厉色道，"这么看来，当时公一也已经成功破解了密码。凶手发现后，为了夺走财物就对公一痛下杀手。"

村政没有答话，只是蹲下身子，仔细地检查着这个土坑。

"这和晚霞有什么关系吗？"他蹲着问道。

菜穗子答道："有的。晚霞下石桥影子的相连之处，就是密码所指示的位置。"

"这样啊！"

村政站起来，在中林的耳边小声说了几句话。年轻刑警点了几下头，然后就匆匆折返了。

"刑警先生，你这样做可就不好了吧。"真琴低声抗议道，"还打算对我们有所保留吗？"

村政看着两人微微一笑道："怎么会呢？我会告诉你们一切的。而且，如果我没记错的话，这个案子已经解决了。"

第七章

童谣《杰克和吉尔》

在所有人的注视下，菜穗子缓缓站了起来。休息室里的空气逐渐凝固，这样的气氛的确会给凶手造成很大的精神压力，可对她来说又何尝不是呢？

1

村政警部走进休息室,就像是特意等到大家玩到兴头上才再出现似的。正在玩牌的大厨看到这位矮胖刑警的身影后,立刻停下手里的动作,瞪大了眼睛,眼神中似乎带着一丝谄媚。

村政站在休息室的一角,晃着圆圆的脑袋扫视了一圈。包括山庄的客人和工作人员在内,现在这里共有十四人。时间刚过九点。

原本正沉浸于游戏中的几人也注意到了村政的异常。只见他一声不吭地站在原地,静静地注视着每一个人,但那平静中似乎又隐藏着一丝犀利。

菜穗子正坐在角落里翻看杂志,感受到村政的目光时,她也抬头望过去以示回应。对视两三秒后,菜穗子似乎看到村政微微点了点头。然而就在她思考要不要点头回应时,村政又面无表情地移开了视线。

"诸位,打扰一下——"环视全场后,村政用他那一贯高亢的嗓音喊道。不得不说,他的嗓音在吸引他人注意力方面,的确有着绝佳的先天优势。果然,所有人都停了下来。

"耽误大家一点时间,我马上就说完。"

这时老板突然站了起来,将手里的牌一把甩到桌上。"你到底还要怎样?明明之前答应过我不再打扰客人,为什么一而再再而三

第七章 童谣《杰克和吉尔》

地反悔?"

"您先请坐下。"村政平静地说,"这是在调查,希望大家能配合我们的工作。雾原先生,请坐下,先听我把话说完。"

如果换作平时,老板肯定会不服气地反驳几句,但今天他却乖乖地闭了嘴,大概是被矮胖刑警身上的气场给震慑住了吧。

村政再次在所有人身上扫视了一圈,接着缓缓开口道:"两天前的夜里,大木先生在山庄后面的石桥上坠崖身亡。经过警方的周密调查,已经可以初步认定这是一起被伪装成意外事故的凶杀案。"

村政用一种汇报案件调查结果的口吻,简洁明了地说完了结论,以至于几乎没有人能立即明白他的意思。过了一会儿,他话中的深意才轮番给了每个人沉重的一击。

"怎么可能?"

果不其然,依旧是老板率先开了口。大概是因为他第一个发现尸体,所以很难相信这个结论吧。

"胡说八道。"

这次接话的是大厨,他到现在都没放下手里的扑克牌。村政看着老板和大厨,脸色略有一些缓和:"不,这是真的。"

"推定死亡时间被修改了?"

不愧是医生,问的问题都比旁人专业许多。

村政摇摇头:"不,医生。推定死亡时间不变,还是死者手表停止的时刻,也就是七点四十五分。"

"那不就是意外了吗?"大厨说道。

"不,是谋杀,"村政淡淡地说道,"只不过凶手耍了点手段而已。"

"隔空把人从悬崖上推下去的手段?"

"是的。"

大厨不屑地"哼"了一声。"你说的是魔术吧。"

"是的,"村政再次肯定道,"的确就像魔术一样。接下来,我就来为大家揭晓真相吧。"

村政警部说话的时候,菜穗子和真琴都没有看他,而是看向了另一个人。她们想知道那人在听到这些话后会作何反应。警部详细说明了"魔术"的手法,也就是凶手偷梁换柱替换木板的事。就在此时,菜穗子和真琴发现那个人明显脸色一变。

说完凶手的作案手法后,警部再次看向众人,满脸自信地问道:"大家有什么问题吗?"

"说实话,这手法并非我们警方识破的,而是你们中的某位告诉我们的。从这个意义上来说,其实凶手的计划一开始就已经失败了。"

村政慢慢踱起步来。所有人都沉默着。一片寂静中,只有警部节奏奇妙的脚步声在回响着。

"接下来就是凶手的真实身份了。其实这个案子很简单,因为凶手本人和这手法就好比是一根绳上的蚂蚱。"

"一根绳上的蚂蚱?"老板问道。

"是的。听我说完这手法后,各位首先想到了什么?应该会开始猜测凶手到底是谁吧?当然,也许有人会从另一个角度猜想,也就是到底谁会想出这种作案手法来?"

"精辟。"上条赞叹道。

第七章　童谣《杰克和吉尔》

"谢谢。"村政微微点头致谢。

"将大木先生准备用来过石桥的木板进行一番偷梁换柱后，朽坏的木板就可能在他过桥途中断裂，导致他坠崖身亡。关于这一点，或许每个人都能想得到，但实际操作起来又会如何呢？即便换过木板，也不能保证它一定会断裂。如果木板朽坏得太明显，则很可能会被大木先生发现。为了不留下作案痕迹，凶手也不敢事先在木板上动手脚。为此，凶手必须挑选一块从外观上看不出任何问题，但又绝对支撑不了大木先生体重的木板。那么问题来了，在座的诸位中，有谁能做出如此精准的判断呢？"

所有人都倒吸了一口凉气。菜穗子想起自己第一次从村政口中听说此事时的震惊。刚听她们陈述完凶手的手法，村政便立刻联想到了这个问题，真琴则只是淡淡地说了一句："他是专业的。"

村政有些含糊不清地继续说道："这么一来，谁的作案可能性最大呢？"

"请等一下。"老板生气地站了起来，"照你这么说，凶手岂不就是我了？"

村政一脸戏谑地看了老板一眼。"哦，是吗？"

"不是吗？这座山庄里的很多家具和装饰品都是我亲手制作的。对木材的种类和强度，我自然多少有些了解。照你刚刚的说法，嫌疑最大的人不就是我了吗？"

"要这么说的话，我的嫌疑也很大啊，老板。"

休息室的角落里传来了一个声音。在众人的注视下，高濑站了起来。

"老板做这些木工活的时候，基本都是我在旁边帮忙的，所以我比老板更清楚木材的情况。这么说来，我也成了嫌疑人？"

"我就不一样了。"大厨接话道，"除了做饭，我什么都不会，就连锯子都不会用。"

"我会用锯子。"

也不知道怎么想的，医生夫人突然举起了手。一旁的医生连忙按下了她的手。被她这么一搅合，现场的气氛倒是多少有了些缓和。

村政一边抬手示意大家安静，一边苦笑着说道："各位倒也不用争抢着做这个嫌疑人。我稍后就会公布答案。不过在此之前，我想请各位先思考一个问题：大木先生为何要冒着生命危险过桥呢？既然高濑先生正好站起来了，就先听听你的想法吧。"

高濑有些惊慌，看起来就像个在课堂上突然被老师提问的学生一样，好在他曾和菜穗子她们讨论过这个问题，便复述了一遍自己当时的回答："应该是有什么要事吧。"

村政听完，说了句"完全正确"后便再度环顾四周。

"不过，要事也分很多种。那他当时是去了哪里，又做了什么呢？我们重新对大木先生的遗体做了一次仔细的检查，发现他身上的那件戈尔特斯牌滑雪服的肘部沾有黑色的物质。检验结果显示，那是炭粉，也就是我们常说的煤。同时，我们也在他的登山鞋中发现了少量的相同物质。于是，我们对山庄的四周进行了周密的调查，但均未发现可能沾上炭粉的地方。后来，我们就去了后山……"

说到这里，他对着高濑微微一笑。

"在那里，我们找到了那间烧炭小屋。从现场的痕迹看来，显

第七章 童谣《杰克和吉尔》

然最近有人出入过那间小屋,而且屋内的煤炭成分也与大木先生衣服上的完全一致。"

"烧炭小屋?还有这种地方?"医生突然自言自语道。

老板回答了他的问题:"那间小屋很早以前就存在了,只不过早已荒废了,应该没人会特意去那边啊。"

"可是,大木先生的确出于某种原因去了烧炭小屋。既然如此,我们就有理由假设,派对当晚他过桥后的目的地也是那间烧炭小屋。"

"可他为什么要去那边呢?"

听到医生的问题后,大厨立刻接话道:"反正不会是为了烧炭。"

"是为了去见什么人吧?"

和丈夫芝浦时雄一起坐在角落里的佐纪子突然发表了意见。见所有人都看向自己这边,芝浦连忙用手肘戳了戳佐纪子。

"别胡乱猜测,现在可不是闹着玩的时候。"

"不要紧的,芝浦太太。"

村政微微抬起下巴,看了佐纪子一眼。

"我们也觉得他是为了去见什么人,而且还是一次秘密会面。所以,约他见面的那个人,应该就是真正的凶手。因为凶手要利用前面说的手法来杀害大木先生,就必须知道他会在那个时间使用木板过桥。那凶手又是怎么知道的呢?我想,是因为他们事先约好了在烧炭小屋碰面吧。"

"请稍等一下。"

医生举手打断了说个不停的村政,接着他抬起头看了一会儿天花板，像是在思考什么似的，微微闭上眼睛喃喃自语起来。

"大木君之前去过一次烧炭小屋。在第二次去的时候，就从石桥上摔下来，死了。而他第二次去那边，是为了见一个人，所以那个人就是真凶。如果真是这样，那他第一次去烧炭小屋时，很可能就遇到过凶手了。"

"您说得一点都没错。"

村政一脸欣慰地重重地点了点头。

"暂且不论他们具体是要干什么，但我们认为大木先生和凶手应该曾在烧炭小屋见过几次面。用木板过桥，也是只有凶手和大木先生两人才知道的方法。在此基础上，我们又展开了搜查工作，再结合刚才所说的挑选木板的能力，终于锁定了嫌疑人。"

说到这里，村政突然闭上嘴，将双手背在身后，在众人面前缓缓踱起步来。他来回扫视着众人，似乎是在观察他们的反应。所有人都沉默地看着他。

终于，脚步声停止了。紧接着，村政十分自然地抬起手指向了一个人。这个人正是菜穗子和真琴从一开始就在仔细观察着的人。

"凶手就是你，江波先生。"

从村政抬手指向江波，到江波做出反应，其实只间隔了极其短暂的一瞬间。在那空白的一瞬间，所有人都齐刷刷地看向了矮胖刑警和江波，就连大厨也放下了手中的扑克牌。

江波正在玩着筹码，手中发出了轻微的咔咔声。在停下手里动作的同时，他开口道："为什么说是我？"

虽然脸色苍白，但江波的声音依旧平稳。在菜穗子看来，这

第七章　童谣《杰克和吉尔》

只是他最后的挣扎罢了。

"为什么？因为只可能是你！"

想必是已经习惯了这种场面，村政警部一脸淡定地继续踱起了步。

"我调查了你在公司的工作内容。你做的是建筑材料方面的研究工作，对于木材这种日式建筑的常用材料自然也是了如指掌。"

听到这句话后，江波的眼中闪过一丝惊慌的神色。不知是不是为了掩饰自己的情绪，他闭上了眼，张开薄薄的嘴唇，意有所指似的淡淡地说道："单从这一点来看，我确实是最可疑的人。"

说到这里江波停了一下，接着提高声量继续说道："但是，只要稍微有点经验的人都能根据虫蛀情况判断木板的牢固程度。正如你们刚刚所说，这座山庄的老板和高濑先生就具备这样的能力。不，相较于我这种毫无实际操作经验的人而言，或许他们两人更了解木材。"

听到这句话后，老板和高濑愤怒地看向了江波，但都没有开口辩驳，毕竟他们刚才确实承认了这一点。

听江波说完，村政的神色没有丝毫变化，嘴角依旧挂着淡淡的微笑。

"你说得很有道理。那我换个问法吧，大家觉得凶手是在什么时候替换木板的呢？"

江波似乎并不打算回答这个问题，露出了一副"我怎么知道"的神情。村政故意装出惊讶的模样。

"显然不会是白天。如果过早替换，万一大木先生去了石桥边，说不定就会看出端倪。因此，留给凶手的时间其实并不多。

简单来说，就在晚上派对开始前后的那段时间。刚刚江波先生提到过雾原先生和高濑先生，对吧？但当时他们两个都已经忙到脚不沾地了，所以根本没时间离开山庄。于是，我们就可以通过排除法来缩小可疑范围。"

"所以就只剩下我了？那你又如何断定其他客人不具备这方面的知识呢？万一他们故意隐瞒呢？你们就打算靠这种毫无依据的猜测来给我定罪？"

江波嘴角一撇，就像是在讥讽村政的想法一般，但摆弄筹码的慌张动作却暴露了他内心的慌乱。

"你去过烧炭小屋，对吧？"

村政突然转变了话题。除了江波本人外，休息室内的其他人也是一脸愕然。村政俯身，双手撑在江波面前的桌子上，盯着他的脸严肃问道："你去过，对吧？那间烧炭小屋。"

江波冷哼一声。"干吗突然问……"

"就是刚才说的那间烧炭小屋。你去过，对吧？"

"我不知道什么小屋。"

"不知道？那可就奇怪了啊。"

村政指了指玄关的位置。"玄关旁鞋柜里的那双白底红条纹防雪鞋应该是你的吧？是双二十五点五码的鞋。"

听到这里，江波的目光开始闪烁起来。

"有什么问题吗？"

"哦，我只是觉得那双鞋有点脏，所以取了些泥土调查而已。"

"未经允许就乱拿别人的东西，你们也太没素质了吧！"

"我们调查了所有人的鞋子，更何况，这是我们的工作。"

第七章 童谣《杰克和吉尔》

矮胖刑警放慢了语速，就像是在挑衅江波一样。

"污垢和垃圾，都是我们的重点调查对象。成分分析结果显示，你那双二十五点五码的防雪鞋上沾有少量煤灰。那么，你究竟是在哪里沾上了那些煤灰呢？"

江波一脸错愕，惊得说不出话来。村政也沉默下来。休息室里的空气似乎凝固了。最终，还是手表嘀嘀嘀的报时声打破了沉默。所有人都循声看了过去，芝浦连忙手忙脚乱地摘下手表，关掉了声音。

趁着这个间隙，江波开了口。

"哦，这么说来，我好像的确去过一次。原来那就是你口中的烧炭小屋啊，不好意思，我还以为那是个普通的储藏室而已。"

"你终于承认自己去过烧炭小屋了？"

"如果我去过的储藏室叫那个名字的话，那确实去过。"

"你去那里做什么？"

"也没什么特别的事，只是散步时偶然发现，出于好奇进去看了看，仅此而已。"

"那是什么时候的事？"

"呃，我也记不太清楚了。"

"你在那里遇到大木先生了吗？"

"怎么可能？"

"砰——"江波突然重重地拍了一下桌子，旁边的几个人都被吓得绷紧了身体。

"我只是出于好奇，在散步时拐进去看了一眼而已。仅仅因为鞋子脏了，就指控我为犯罪嫌疑人，你们不觉得这也太荒谬了吗？"

江波重新坐回椅子上，似乎是想借此调节一下情绪。紧接着，一旁的村政就像自言自语般呢喃起来。

"难道你们见面的地点不是烧炭小屋？"

"你说什么？"

江波凶狠地看着他。

"没什么，我只是在想，如果你们不是在烧炭小屋见的面，那又会是在哪里呢？你们是在哪里见面的呢？"村政反问道。

旁观的众人听得一脸疑惑，想不明白村政为什么突然问出这个问题。

"胡说八道。我没在任何地方见过他。"

"哦，那那天晚上你们两个一起出门，又是要去哪里呢？"

"我和大木先生一起出门？"

江波有些夸张地耸了耸肩，就像在说村政警部的话根本就是无端的猜测。不过所有人都听得出来，他的声音在微微发颤。

"就是大木先生去世的前一天夜里。"

村政煞有介事地掏出笔记本看了看，说道："那天晚上，你们在这里玩到十一点多，接着就各自回房睡觉了。不过，你和大木先生却在半夜偷偷溜出了山庄。我们猜测，你们当时就是去了烧炭小屋，而且正是利用木板过的石桥，于是大木先生便在第二天晚上用了同样的方法。不过，既然你说没在那间小屋里见过大木先生，那你为什么要偷偷溜出山庄呢？可否回答一下这个问题？"

江波一脸惊讶地瞪大眼睛，答非所问地回了一句："怎么可能？"村政缓缓地深吸一口气后，目光犀利地看着江波，看样子他

第七章 童谣《杰克和吉尔》

终于要使出杀手锏了。

"你是不是想说,怎么可能被人发现?不过很遗憾,那天晚上有人看到你们了。据目击者称,当晚你先从后门回到山庄,过了一会儿大木先生也回来了。好了,现在就请告诉我,你和大木先生究竟去哪儿了?"

一旁的菜穗子很是吃惊,虽然她的确对村政说过大木那晚出去过的事情,也说过当时出去的应该有两个人,但她根本不知道另一个人就是江波。真琴在她旁边低声道:"套话技术真不错。"

不得不说,村政的这招的确有效。江波的脸上顿时失去了血色,饶是能言善辩如他,一时也想不出合理的理由来回答这个问题。

"请回答我的问题。"村政重复道。

江波一时语塞,可见村政可能真猜对了。

然而,江波却换了个角度进行防守。

"动机是什么?"

看样子,江波是想先摸清对方手里到底有什么棋子,只要能发现一个哪怕极小的破绽,也有机会找到突破口。

"我承认,那天晚上我遇见了大木先生,见面的地点也的确是那间烧炭小屋。对于你们提出的大木先生中途离开派对是打算前往烧炭小屋的推测,我也表示认同。但是,你们凭什么认定我就是凶手?我为什么一定要杀害他?如果不给我个合理的解释,我就不会再回答你们的任何问题。"

"那我们再换个话题吧。"

面对江波那连珠炮似的质问,村政不徐不疾地答道。他那模样，就像一位面对剧烈挣扎的猎物依旧从容不迫的老猞猎手。

"派对的前一天，也就是你深夜和大木先生一起出去的那天傍晚，你在哪里？"

"派对前一天？"

"也就是三天前。"村政补充道，"三天前的傍晚。"

村政一直在强调"傍晚"这个词。哪怕坐得很远，菜穗子也能明显地感受到，这个词似乎刺激到了江波。

"那天……有什么问题吗？"

"请回答我的问题。"

江波已经开始有些结巴了。村政警部的下一句话响彻了全场。"这是在调查你的不在场证明。请据实回答。"

"那就请先说明问这个问题的目的，否则我没有任何义务回答你的问题。"

江波瞪着警部，村政也用锐利的目光瞪着他。两人都不再说话，似乎都想借此摸清对方的底牌。

"没办法了。"村政小声说道，"我本以为很快就会让你认罪，看来还是小看你了啊。既然如此，我就要请出外援了。"

"外援？"老板疑惑地问道。

原本低着头的几个客人也纷纷抬起头来。

村政警部挺起胸膛，径直看向菜穗子和真琴。

"原菜穗子小姐，那就有劳你作证了。"

第七章 童谣《杰克和吉尔》

2

在所有谜团都被解开时,菜穗子和真琴就说想把一切都交给村政处理,并表示她们只是目击者而非侦探。听她们这么说,村政也表示当晚就会公布真相,以防夜长梦多、节外生枝。

"我还有一个请求。"

说这话时,村政似乎还有些不好意思。真是难得——菜穗子她们不禁有些惊讶,因为她们从来没在村政的脸上见过这样的神色。

只见村政犹豫着开了口:"或许还需要原菜穗子小姐出面,说明你们在对原公一先生之死进行调查的过程中了解到的信息。这么做并不是为了提升现场效果之类的,而是因为由你开口,不仅会增加压迫感,也能对凶手造成更大的冲击。"

"啊?这么重要的事情……"

"正因为很重要,所以我才想拜托你帮忙,而且……"村政狡猾地眯起了眼睛,"就算由你来说,也丝毫不会影响到我的功劳。"

"但是……"

"拜托了。"

见村政冲自己低下了头,菜穗子也只好硬着头皮应允下来。不过从那一刻起,她就因为紧张而不停地发抖。见菜穗子如此紧张,真琴在她耳边轻声说了一句:"我觉得这样挺好的,就当是告慰你哥哥的在天之灵吧。"这句话给了她莫大的鼓励。

——告慰哥哥的在天之灵……

菜穗子一想起这句话，就觉得心里似有一股暖流流过。终于到了最重要的时刻，她觉得自己已经紧张到心脏都快跳出来了。

在所有人的注视下，菜穗子缓缓站了起来。休息室里的空气逐渐凝固，这样的气氛的确会给凶手造成很大的精神压力，可对她来说又何尝不是呢？

"想必在座的大部分人都知道，我哥哥生前一直在研究这座山庄里的'鹅妈妈密码'，我们也很想知道为何我哥哥会对此如此痴迷。经过多方调查，我认为此事与两年前的川崎一夫死亡事件有密切的联系。"

菜穗子简单说明了真琴从大厨口中听来的关于川崎一夫的各种传言。听了她的话后，在场的众人神态各异。尤其在菜穗子说到川崎当时带了价值数千万日元的宝石来山庄，且那些宝石至今下落不明时，休息室内更是一片哗然。菜穗子一边说着，一边不时看向大厨，只见他双手抱胸，一脸凝重地望着空中。

"我哥哥认为，川崎先生是将宝石埋在了密码所指示的地方，所以才会那么执着于破解密码。于是我们觉得，想找出我哥哥死亡的真相，唯一的方法就是和他一样，破解密码。"

"那……你们破解了吗？"

医生探出了上半身。

菜穗子坚定地看着他，用一种宣告般的语气说道："破解了。"

休息室内再次哗然。不过，众人很快又安静了下来，继续看向菜穗子，等待着她接下来的话。

第七章 童谣《杰克和吉尔》

"密码很难，多亏了我哥哥留下的线索，我们才能成功将之破解。具体内容我就不多说了，总之，只要按顺序解读每个房间壁挂上的童谣，最终就能得到一句话：晚霞出现，便是伦敦桥架设起来之时。这是一个关于伦敦桥的故事，是在暗示我们桥下藏着许多宝藏。基于这些线索，我们最终确定，晚霞出现时，石桥的影子便会相连，而影子相连之处便是藏宝之地。"

这时突然响起了一个口哨声，是上条，他插科打诨般地微微举起了右手。

"真没想到这里面居然藏着这么多信息啊。关于密码的事，我都想了好几年了也没个头绪。对了，那你们挖下去了吗？"

"挖了。"

"里面那些宝石呢？"中村迫不及待地问道，激动得眼珠子都变了色。

虽然可以感受到所有人都在好奇地盯着自己，但菜穗子的语气却格外平静："不见了。"

闻言，众人脸上的好奇之色就如海水退潮一般骤然消失，取而代之的是满脸的失望。

"不见了？"医生问道。

"是的。"菜穗子清晰地回答道，"我们挖出了一个木箱，但里面是空的。"

上条听了哈哈大笑道："看样子，是有人捷足先登了呀。"

"应该是的。"

"问题是，那个人是谁？"村政适时接话道。于是，众人的目光回到了这位矮胖刑警的身上。

"有人抢在原小姐之前,挖走了价值数千万日元的宝石。这人到底是谁?我们有理由认为,这人与此次的案件之间有直接的联系。所以我才会问你,三天前的傍晚,你在哪里?"

村政的目光再次落在江波身上。在菜穗子说明原委之时,江波一直紧咬嘴唇静静地听着。

"你是说,那些宝石之类的东西,都是被我挖走的?"

听到村政的质问,江波惊讶地瞪大了眼睛,一副蒙受不白之冤的模样。然而,村政无视了他的问题,只是重复了一遍自己的问题:"当时你在哪里?"

"我在散步啊,刑警大人。"江波答道。

接着,他又冷冷地继续说道:"不过我没法证明。可是,如果非要证明才能洗清嫌疑,不知在座的又有几个人能证明自己当时在哪里呢?"

村政根本不为所动,似乎早就预料到他会这么说。

"当然,无法证明三天前的傍晚自己身在何处的,并不只有你一人。这是很正常的事情,我们也不会因为这个就盯着你不放。但是,如果只有你一个人无法证明呢?我是不是就有理由认为,你便是那个挖走宝石的人呢?"

江波翻了翻白眼,一副根本不信的模样。他越是如此,村政的语气便越是沉稳。

"也难怪你会这么惊讶。不过,这就是事实。那我就详细说明一下,也好让你心服口服。"

村政首先指了指坐在休息室最里面的两个人,也就是中村和占川。

第七章　童谣《杰克和吉尔》

"中村先生和古川先生是在两天前到达山庄的,所以首先可以排除他们两人。同理,芝浦夫妇也可以排除在外。我想,江波你对此也不会有什么异议吧?至于剩下的几位嘛……大家都知道,上条先生和益田先生每天晚饭前都会对弈几局,所以他们两位也可以排除了。"

听到村政警部替自己说出了不在场证明,上条开心一笑,露出了那口总会让菜穗子联想到钢琴琴键的牙齿。"自从开始和医生下棋,这还是我遇上的第一桩好事呢。"

医生接话道:"那你还不好好谢谢我?"

"只是,益田夫人当时不知身在何处……"

听村政警部这么一说,医生夫人立即叫了起来:"我当时在房间里画画,真的!"

村政警部连忙做出了一个安抚的手势,示意她别急。

"即便夫人拿不出不在场证明,她也是可以被排除在外的。很明显,以她的身体条件,根本干不了那种体力活。"

夫人似乎对这个说法颇有微词,但鉴于如今这个形势,她也不敢再多说什么了。

"剩下的就是山庄内的工作人员了。不过我听说每天傍晚,他们都要为了准备晚餐而忙到脚不沾地,根本没有时间出去。我想,这应该是事实。虽然我在这里待的时间不长,但也亲眼看过他们工作的样子,确实很辛苦。接下来,就只剩下江波你一个人了。"

江波用手掌擦了擦脸上的汗,舌头不停地舔着嘴唇,可见他此刻内心有多慌乱。可尽管如此,他依旧不打算妥协。

"如果是三天前的傍晚,或许我的确拿不出不在场证明。可是，你们又如何确定宝石被挖走的时间就是三天前呢？可能是昨天，也可能是前天，还可能是两天前。不，甚至有可能比三天前更早。"

"江波先生，我们既然断定是在三天前，自然就不会毫无依据。原菜穗子小姐她们刚刚才把空木箱挖出来，而最近两三天都是阴天，根本就看不到晚霞。事实上，上一次出现晚霞的时间就是三天前。你是不是又想问我，那就不可能是更早的时间吗？在那之前的一天，这里下过一场大雪，地面上积了厚厚的一层雪。不过，挖掘地点附近却几乎看不到积雪。所以，宝石被挖出的时间只能是三天前的傍晚，而绝对不会是其他时间。"

这是村政警部自己推理出来的内容。他是在菜穗子和真琴挖出箱子后才赶到现场的，得知珠宝已经被挖走的消息，他仅仅扫了一眼便得出了这个结论。当时就连真琴都不由得低声在菜穗子耳边感慨了一句："纳税人的钱没白花。"

然而江波依旧不打算承认。

"很精彩，但你不觉得还缺了点什么吗？没错，我是没有不在场证明，但没有不在场证明的人，不是还有一个吗？就是大木先生。难道死人就可以拥有豁免权吗？"

听到这里，菜穗子与真琴对视了一眼。不出所料，江波果然说出了这句话，这也就意味着他开始踏进村政设下的陷阱了。

"我就猜你要这么说。"

村政说出了菜穗子内心的想法。

"你说得对，大木先生的确也没有不在场证明。而且，我现在也无法找他询问。但是那天，大木先生一回到山庄就走进休息

第七章 童谣《杰克和吉尔》

室了,当时他穿的是长裤和毛衣。这一点想必很多人都记得。这可不像刚刚在土里挖过东西的装扮。你就不一样了,当时你一回山庄就马上去洗了澡。我想,那是因为你当时浑身都是泥土,对吗?"

江波沉默了。

村政继续说道:"说到这里,我倒是又想起了一件事。益田夫人告诉我,当天吃过晚饭后,大木先生在玩扑克牌时曾说过,他那天看到了一个很有意思的景象——一只乌鸦啄食了同伴的尸体。各位当时并没有深究,或许是觉得这话题太倒胃口了吧。不过仔细想想就会发现,这一带怎么会有乌鸦呢?那么大木先生到底想说什么呢?我猜他是看到你去那里挖宝石了,所以说这话来暗讽你呢。"

江波重重地拍了一下桌子。

"所以你就说是我杀了他?"

"不,你杀他的理由并不是这个。我猜,应该是因为大木先生向你索要了封口费吧?那天深夜,你们约在烧炭小屋见面,也正是为了这笔交易。至于第二天,大木先生在派对中途离开山庄前往小屋,想必也是为了去找你要封口费吧?"

村政的话直击要害。

"开什么玩笑!"江波站起身怒道。

"说得就跟你亲眼看到了似的。那么刑警先生,你到底有何证据呢?我是四天前到达山庄的,照你这么说,我岂不是在到达的第二天就去挖宝石了?虽然我不知道所谓密码到底是怎么回事,但我想,那密码总不会是一天就能被破解的难度吧?"

"当然不能。"

菜穗子开了口。听到菜穗子的声音,江波似乎受到了极大的惊吓。

"密码不是那么容易破解的,所以你根本就没有破解过密码。真正破解密码的人,是我哥哥。为了得到答案,你不惜痛下狠手,杀了我哥哥。"

3

过了好一会儿,江波才怒吼道:"别血口喷人。我怎么能杀得了你哥哥?"

"你能。不,应该说,只有你能。"

"有意思,那就请说说我是怎么杀了他的吧。这么说来,密室之谜你们也解开了?"

菜穗子直视着他的眼睛。

"解开了。"

她说完,先是环视了一圈休息室,然后对着一直沉默观望的高濑说道:"当时最先去我哥哥房间敲门的人,是江波和高濑先生,对吧?"

大概没想到会被突然提问,高濑愣了一下,不过还是明确地点了点头。

"当时卧室门锁着,窗户也牢牢地锁着,对吧?"

第七章 童谣《杰克和吉尔》

"对。"高濑答道。

江波也冷冷地开了口。

"既然如此,那我又怎么能在那之后进入卧室呢?"

菜穗子没有回答他的问题,而是继续说道:"大约三十分钟后,你又过去了一趟,结果发现房门也锁上了,对吗?"

"是的。"高濑微微点头。

"当时窗户是怎么样的?"

"啊?"

高濑有些疑惑地张着嘴,大概没听懂她想问什么吧。

江波连忙插话道:"当然是锁着啊,这还用问吗?"

"没问你!"真琴突然喝道。

江波仿佛受到了惊吓般,僵着脸不再出声。

"当时窗户是怎么样的?"菜穗子又问了一遍。

高濑望着空中想了想,这才回答道:"当时我没有检查过窗户。"

"但窗户肯定是锁着的,对吧?"

医生不解地看着菜穗子。"难道不是吗?外面的人进不去卧室,窗户又只能从里面锁上,那当时肯定就已经是锁着的了吧?"

"不过,公一先生自己也可能打开吧?"

芝浦有些犹豫地开了口。一旁的佐纪子也跟着点了点头。

"原来如此,当时公一君还活着啊。"

"不,当时我哥哥已经死了。"

医生刚打算赞同芝浦的看法,菜穗子立即出言反驳道。

"高濑先生他们第一次去敲卧室门时,我哥哥就已经死了。他是个睡眠很浅的人，要是有人在外面敲门，他肯定马上就醒了。"

"那窗户就一定锁上了。"医生再次发表了意见。

然而菜穗子打断了他，说了句"这个我们稍后再说"后，随即再次看向了高濑。

"你再一次去我哥哥房间的时候，就用备用钥匙打开了房门及卧室门，没错吧？"

"是的。"

"当时窗户锁上了？"

"锁上了。"

"谢谢。"

菜穗子向他微微鞠了一躬，然后又转向江波。

"其实，高濑先生第二次去我哥哥房间时，窗户并没有锁上。而在高濑先生第三次过去前，你从后门出了山庄，然后从窗户潜入了我哥哥的卧室。紧接着，你锁上窗户后走出卧室，然后就一直待在客厅里。当然，你没有忘记锁上卧室门。直到高濑先生进入房间前，你都躲在客厅角落的长椅后面，准备等高濑先生走进卧室时再趁机逃走。"

"但窗户……"

见医生一脸疑惑，菜穗子接着解释："确实，窗户的开关只能从内侧打开，而当时江波身处屋外。那么，就只剩下一个可能性了。那就是，高濑先生和江波在卧室外敲门时，卧室里还有一个人。当然，是除了我哥哥之外的另一个人。"

众人开始慌张起来，纷纷打量起其他人，可一与其他人的目光相撞，就又纷纷迅速低下了头。

第七章　童谣《杰克和吉尔》

"是的，这起案件中还有一个共犯。如果没有发现这个问题，也许就永远解不开密室之谜了。"

菜穗子慢慢向前走去。

众人的目光化作炽热的光芒向她袭来。她强装镇定继续向前走着。

"那个共犯，就是你。"

紧张得已经有些腿软的菜穗子终于伸出手，指向了一个人。

那人丝毫不为所动，就像完全没有察觉到菜穗子指的是自己一样。过了许久，那人才慢慢抬起头，看向菜穗子。

菜穗子又重复了一遍。

"就是你，久留美。"

4

久留美眼神空洞，一副还没睡醒的模样。从她面无表情的样子来看，她似乎根本就没听到菜穗子刚才说的那些话。

"那我就从头开始详细说明一遍吧。"

菜穗子从久留美的身上移开目光，抬起头看向其他人。

"我哥哥破解了密码。江波和久留美得知此事后，为了得到答案，独占宝石，不惜下毒害死了我哥哥。他们担心引起警察的怀疑，于是就想出了这个办法。杀害我哥哥后，久留美先留在卧室里，锁上了门窗。另一边，江波则叫上了高濑先生，两人一起来邀请我哥哥玩牌。之所以要拉上高濑先生一起，其实就是为了得到第三者的证词。为了证明当时卧室的确是密室状态，江波还特地带着高濑先生跑到窗户外面查看了一番。只是因为敲门得不到回应，就特意跑到窗外查看这个行为，现在回头想想其实很奇怪。但不管怎么说，你们的确成功制造出了'卧室是密室'的假象。在那之后，久留美从卧室出来，锁上了房门，随后又从窗户逃了出去。看到久留美回来后，江波让高濑先生再去喊一次我哥哥。这是为了让高濑先生记住，此时的房门已经上锁了。接下来就是高濑先生第三次去喊我哥哥了。正如我刚才提到的那样，江波从开着的窗户潜入卧室，接着锁上窗户和卧室门后，就一直躲在客厅的长椅后面。就在这个时候，久留美对高濑先生说她觉得原先生有些不对劲，还是用备用钥匙进去看看比较好……"

听到这里，休息室内的众人惊讶得张大了嘴，因为他们都清晰地记得久留美的确说过这样的话。

"高濑先生先走进房间，然后走进卧室。此时，江波也从长椅后走了出来。有久留美站在门口挡着，江波就无须担心被人发现。接着，江波就装作刚刚赶来的模样，等着高濑先生发现我哥哥的尸体并从卧室出来。高濑先生，请回忆一下，当时你走出卧室后，首先看到的是谁？"

高濑望着自己的双手想了想，接着突然倒吸了一口气。

"是啊……当时江波和久留美就站在门口……"

啪……人们纷纷看向声音传来的地方，只见江波单膝跪地，就像一个断了线的木偶似的摇摇欲坠。久留美则面无表情，不知是在发呆，还是已经完全放弃了抵抗。

第七章 童谣《杰克和吉尔》

"我们能够解开密室之谜,还是多亏了你留下的两个破绽。"

真琴一开口,便给了江波致命一击。

"第一个破绽,就是你告诉我们,你觉得密室有些蹊跷,并提出了从外面打开窗户的可能性。现在回头想想,其实你这么做,只是为了将我们引到完全错误的方向上去。我们也的确中了你的圈套,将推理的重心转到了机械装置上,但这也恰恰成了你最致命的破绽。当我们基于各种信息对你产生怀疑后,我就开始纳闷了,你为什么要给我们提这种建议呢?于是我就开始逆向思考,会不会这件事其实和窗户的开关根本毫无关联呢?"

说到这里,真琴停了下来,似乎是想看看对方的反应,但江波却始终一言不发。

于是,真琴继续说道:"第二个破绽就是你说公一死的那天晚上,你玩了双陆棋。那天晚上你是绝对不可能一直玩扑克牌的,因为扑克牌是一种多人游戏,一旦参加就无法中途退出,而你却要在适当的时候离开休息室。那就奇怪了啊,你当时那么想玩扑克牌,甚至还非得把公一叫过来一起玩,后来为什么又改玩双陆棋了呢?而且还是和久留美一起玩的。"

这段话给江波造成的打击似乎比真琴预想中的还要大。他跪倒在地,双肩无力地垂了下来。

"对不起,江波先生。"久留美终于开了口。她的声音听起来就像正发着烧一样有气无力,就连起身走向江波的动作,看着也极其虚弱。走到江波身边后,久留美跪倒在地,抱住了他的肩膀。

"和她无关。"江波低沉无力地说道,瘦弱的身体摇摇欲坠。

"是我拜托她这么做的,这一切全都是我一个人的主意。"

白马山庄谜案

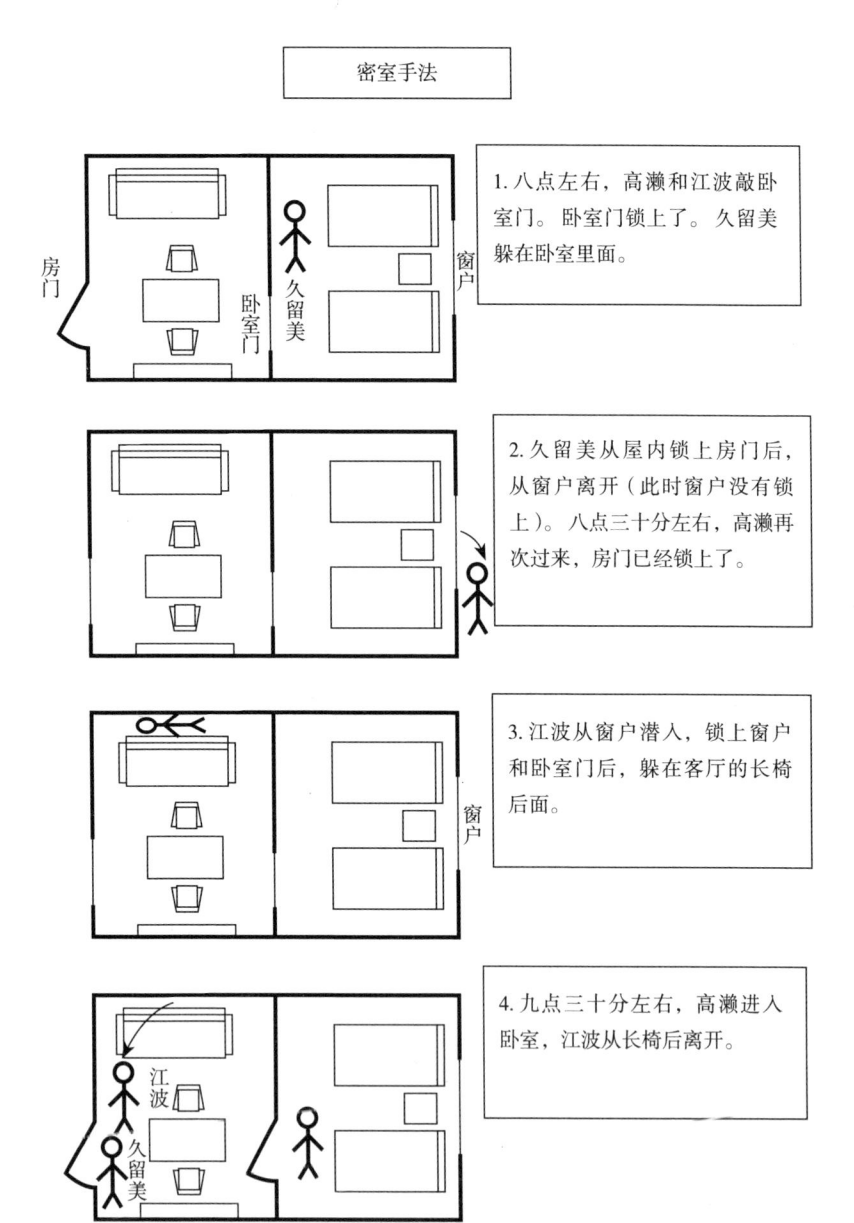

> 密室手法

1. 八点左右，高濑和江波敲卧室门。卧室门锁上了。久留美躲在卧室里面。

2. 久留美从屋内锁上房门后，从窗户离开（此时窗户没有锁上）。八点三十分左右，高濑再次过来，房门已经锁上了。

3. 江波从窗户潜入，锁上窗户和卧室门后，躲在客厅的长椅后面。

4. 九点三十分左右，高濑进入卧室，江波从长椅后离开。

第七章 童谣《杰克和吉尔》

"江波……"

久留美的身体微微颤抖着。见此情形,几乎所有人都别过脸去,不忍再看。

"村政警部,接下来要做什么?"

医生有些失落地看向村政。

"一切都已真相大白了吧?那就不需要我们再待在这儿了吧?如果没有其他事的话,我想先回自己房间了。"

菜穗子觉得,他大概是不忍看到相识多年的老朋友变得如此狼狈不堪吧。菜穗子又何尝不是呢?尽管面前的两个人正是杀害哥哥的凶手,但见此情形,她还是不免替他们感到悲哀。

村政用右手揉了揉自己那张紧锁眉头的脸,一边看向众人一边点了点头。

"嗯,案件的真相正如各位刚才所听到的那样。非常感谢大家的配合,各位可以先回房了。"

众人如释重负般地纷纷站起了身,医生夫妇、芝浦夫妇以及中村、古川二人,全都各自离开。大厨也走进了厨房。

"好了。"村政拍了拍江波的肩膀,"跟我们详细说说吧?请来我们房间。"

"那……那我呢?"

久留美抬起布满血丝的双眼看向警部,但脸上并无半点泪痕。

"稍后也会找你问话,只不过要等我们问完江波之后。"

久留美也不再说什么,只是一脸哀求地低下了头。

就在村政准备带江波向走廊走去时,最后一个留在休息室内的客人上条突然开口喊道:"请等一下!"

刑警和嫌疑人都一脸疑惑地看向他。

"我想问江波一个问题，可以吗？"上条问村政道。

村政看了江波一眼后对着上条点了点头。

"请吧。"

上条似乎咽了口唾沫。

"我的问题很简单，你是如何知道宝石的事情，又是如何知道它们被埋在了《鹅妈妈童谣》所指示的位置的？"

江波一开始似乎没明白他问这个问题的用意，愣了几秒钟后才答道："我是从她……就是久留美小姐那里听说的。至于埋在密码所指示的位置的事，则是听原公一先生说的。"

"是原公一先生亲口告诉你的？"

"是啊，哦，不是……"

江波有些恍惚地看向久留美。

久留美开了口："是我问出来的，因为我看他一直在执着于破解密码。"

"这样啊！"

"可以了吗？"村政问道。

上条双手合掌致谢道："打扰了，谢谢。"

休息室里只剩五个人了。久留美浑身瘫软地坐在桌子旁，菜穗子和真琴则坐在她的对面。桌上放着棋盘，其中一方已经处于可以叫将的状态。

高濑和上条都在柜台旁边，大概是上条突然想喝水割，高濑正在为他调制吧。老板不知何时失去了踪影。

第七章 童谣《杰克和吉尔》

"我和他经常在东京见面,所以可以算是恋人吧。"

久留美的声音响起,犹如石子入水般打破了四周的沉寂。

"其实我们已经发展到了谈婚论嫁的地步,可是照我们现在的收入来看,根本无法保证将来能过上衣食无忧的生活。我既没有学历,又没有雄厚的家庭背景,只能辗转于各个酒吧打零工,而他也只是个收入微薄,随时都可能失业的上班族而已。所以我们一直都想找到改变命运的机会。就在那个时候,我见到了原公一先生。当然,一开始我们根本没有想过杀人这种可怕的事。我们只是打算等原先生挖出宝石后想办法偷走而已。那天晚上,原先生说他想早点睡,为明天的挖掘工作养足精力。谁知道,那个人居然会那么做……那晚,他看到原先生拿着一瓶可乐回到房间,便也跟着走了进去,然后趁原先生不注意,将毒药下进了可乐里。但不管怎么说,我还是出手帮了他。"

"那么,江波是在杀完人后才告诉你的吗?"

听到真琴的问题后,久留美轻轻点头。

"可我并没有劝他自首,所以至少在当时来说,我也是共犯。更何况,我还帮他制造了一间密室……后面的事情就不用多说了,与方才刑警所说的完全一样。我们从原公一先生留下的破解文本中得知了宝石的位置,但我们觉得马上挖出来会让人起疑,所以就耐心等了一年。之所以等了一年,是因为只有到了相同的季节,夕阳的角度才会完全一致。"

"川崎先生掩埋宝石的时间,也恰好是这个时候吧?"

听到真琴的话,久留美点了点头。

"杀大木的理由,也正如村政警部说的那样吗?"

"是的。"她的声音听起来有些沙哑。

"大木并不知道我也参与其中,但他确实要挟过江波。而且,正如刑警所说,他向江波索要了封口费。一开始,我们决定满足他的要求,便问他想要多少。他表示要在看到实物后再决定。"

"于是派对的前一天晚上,你们让他看到了实物?"

菜穗子想起了那个深夜的冰冷空气。

"挖出宝石后,我们把它们都藏在了烧炭小屋里,所以带他去那里看了实物。大木当时眼睛都看绿了,然后他提出了分赃的要求。他索取的数量远高于我们的预期,都快达到总数的一半了。"

菜穗子的脑中浮现出了大木那张精明的脸。那个看着十分聪明的男人,果然也是个冷漠、贪婪之人啊。

"当时我妥协了,打算接受他的要求。毕竟那是价值几千万日元的宝石,就算只剩下一半也是十分可观的数字。然而,那个人……江波却开始担心大木不会这么容易满足,觉得他会一辈子缠着我们……"

"他的担心不无道理。"

真琴觉得照大木的性格来看,他还真有可能做出这种事。

"于是,他就那么做了……我跟他说过不想再杀人了,没想到他最终还是那么做了。"

说完这些,久留美仿佛用光了全身的力气般,将脸埋进了交叉在桌上的双臂间,涂着指甲油的指甲,深深地陷进了另一只手臂的肉里。

菜穗子和真琴对视了一眼后,重重地叹了口气,就像是要吐出心底所有的阴霾一样。虽然一切都已真相大白,但菜穗子丝毫不觉得开心，反而觉得心情更加沉重了。

"我们也回房吧？"

"嗯……好。"

菜穗子同意了真琴的提议，从椅子上站了起来。自己究竟得到了什么？菜穗子不禁思考起了这个问题。她似乎什么也没得到，反而还失去了不少东西。然而，她从一开始就已经做好了这个准备。

就在两人将椅子收进桌下，准备转身离开时，突然响起了一个意外的声音。

"请等一下。"

是上条，刚刚他一直没有说话，只是静静地听着菜穗子她们的谈话。

上条转动圆椅，看着三人说道："久留美小姐，你要说的，就只有这些了吗？如果你还想隐瞒下去，那就永远无法赎清自己的罪恶了。"

上条的话可谓直击要害。久留美埋在双臂间的头微微动了动。上条一只手握着酒杯，另一只手指向久留美。

"川崎一夫，不也是你杀的吗？"

5

上条端着酒杯缓缓走了过来。也许是听到了脚步声，久留美终于抬起了头。

"从你刚刚那番话听来,这一切都是江波一手策划并实施的,而你则只是在一旁瑟瑟发抖地看着。可这一切,难道不是从你杀死川崎先生开始的吗?"

久留美睁大眼睛,拼命地摇着头。

"我没有杀他。"

"别再狡辩了。"

上条拉出方才被菜穗子收进桌下的椅子坐了下来,那椅子甚至还发出了嘎吱嘎吱的声音。

"刚才江波说,你们是从原公一先生那里得知宝石被埋在了密码所指示的位置的,对吗?"

久留美没有回答,上条则觉得她这是默认了。

"但这件事根本不可能发生,因为原公一先生根本就不知道宝石一事。"

"啊?"菜穗子疑惑道。公一不知道宝石的事情?怎么可能?说公一好像在寻宝的人,不就是上条自己吗?

见菜穗子一脸诧异,上条先是向她道了歉:"对不起,我骗了你。"接着,他才继续解释道:"事实上,是我将原先生请来这座山庄的,目的就是破解密码。鄙人才疏学浅,估计想破脑子也想不出答案。"

"上条先生,你究竟是什么人?"

听到真琴的问题后,他有些羞愧地咳了一声。

"我受川崎家所托,来此调查川崎先生的死因及那些宝石的下落。尽管一直没发现任何与他死因有关的线索,但我却从某些途

第七章 童谣《杰克和吉尔》

径得知,宝石就藏在密码所指示的地方。所以,我才会在去年请原公一先生陪我来这座山庄。"

"所以,我哥哥才会来这里……"

听到菜穗子略带哽咽的声音,上条深深地鞠了一躬。

"我和公一先生是在旅行途中相遇的,结果却害他遭此毒手,我真不知道该如何向您道歉。"

再次抬起头时,他看向的却是久留美的脸。他的眼神无比犀利,与方才面对菜穗子的时候简直判若两人。

"拜托公一先生破解密码的时候,我并未告诉过他那里埋了什么。公一先生自己也说过,他只是对破解密码这件事感兴趣,丝毫不想知道里面究竟埋的是什么。而你刚才却说是他告诉你的,显然是在撒谎。"

菜穗子和真琴站在久留美身后,所以看不到她在听到上条的质问时的反应。

最终,她用一种让人琢磨不透的清冷语调答道:"他确实没有说过下面埋着宝石,只是告诉我密码所指示的地方埋着什么东西,所以我推测那一定就是宝石了,因为我曾听人提起过宝石的事情。"

"哦,那你是如何得知宝石之事的呢?据我所知,这座山庄中,只有大厨知道宝石的事吧。他是在川崎先生的葬礼上听说这事的,而且他还在葬礼上见到了我。我请求他不要对任何人提宝石的事。他也信守了承诺,自始至终只对菜穗子小姐和真琴小姐说过这事。"

"但是大厨说,他之前也对公一说过……"

听到真琴的话后,上条丝毫不觉意外,只是一脸平静地点了点头。

"是我让大厨这么告诉你们的,这样才能加快你们的推理进度。"

原来如此,菜穗子这才终于明白了一切。其实她一直都很纳闷,自从来到山庄后,解密的每一步都走得异常顺利,原来是上条一直在暗地里帮忙的缘故。

上条再次用犀利的眼神看向久留美。

"请回答我,你是怎么知道宝石之事的?"

久留美挺直脊背,对上了上条的目光,丝毫不见了先前的柔弱模样。

"我是听说的。"

她声音沉稳,却把菜穗子吓了一跳。

"我去过川崎家的珠宝店,所以听说过川崎先生带走了价值数千万日元的宝石的事情。"

上条唇角微扬。"你觉得我会相信你的话吗?"

久留美扭头看向一旁,一副信不信随你的样子。但下一秒,上条就笑了起来。

"你终于中计了啊,久留美小姐。准确来说,两年前你就已经中计了。"

久留美惊讶地看着他。菜穗子和真琴也是如此。

上条挺起胸脯,得意扬扬地说道:"川崎先生确实带走了价值几千万日元的宝石,不过有一个前提条件,那就是那些宝石都是真品。"

不知是谁听到这里突然"啊"地尖叫了一声。菜穗子本以为这是自己的声音,她完全有可能被这个消息惊讶得叫出来。另外

第七章 童谣《杰克和吉尔》

两个人想必也是如此。久留美呆呆地愣在原地。

"你似乎很惊讶啊。"

上条似乎对久留美的反应感到很满足。

"那些被川崎带走的宝石,全都是假货,不过是些着色翡翠和人工宝石罢了。就算你把它们全卖了,也只能换来一点零花钱。当然,与川崎有关的几乎所有人都知道这件事,就连大厨也知道,警察就更不用说了。否则出了这么大的事,外面又怎么可能如此风平浪静呢?所以,你说是从川崎家听来的这个传言,根本就是在撒谎。"

久留美仍然一动不动。或许她终于看清了局势,知道再反抗也是徒劳,便索性闭上了嘴。不过上条显然并不打算就此罢休,他要彻底瓦解久留美的心理防线。

"现在听明白了吗?你和江波费尽心机杀了那么多人,其实根本得不到一分钱。你们拼上性命换来的,只不过是一堆彩色的玻璃珠罢了。就是因为你杀害了川崎先生,才最终引发了这一个又一个悲剧。"

久留美像梦游似的站了起来,自言自语道:"我没有杀他。"

"别再狡辩了。你发现他身上带着许多宝石后,便生出了杀人夺财的想法。只不过,你怎么也找不到那些宝石。后来,你想起了他曾带着铲子出去的事——我说得对吗?"

"我没有杀他。"

"你撒谎!"

"我没有……"

久留美就像个坏了的机械娃娃般一动不动。过了一会儿,她又像齿轮脱节般僵硬地转过头，看向菜穗子和真琴。然而，她的眼眸之中一片虚无。她半张着嘴，什么也没说。

菜穗子觉得，久留美的体内似乎有什么东西正在崩塌。不，或许应该说是"溶化"更为贴切。紧接着，就像昭示心理防线全面崩塌似的，她原本端庄的面容骤然扭曲起来。菜穗子的脑海中，突然浮现出了蒙克的那幅名画《呐喊》。

下一刻，久留美疯狂地尖叫了起来。众人愣了片刻，才终于分辨出这真是人类发出的声音。菜穗子、真琴、上条都被这情景惊得愣在原地。

本已回房的众人也闻声纷纷走了出来。

6

第二天一早，芝浦夫妇和中村、古川都离开了山庄。菜穗子和真琴一直将他们送到了玄关外。

"那么，我们就先走了。"

芝浦抱着行李，对着菜穗子和真琴低头道别。菜穗子也低头回应。

"因为我们的事，害你们玩得一点都不尽兴……。"

"别这么说，这也算是难得的人生经历啊。这种事啊，一辈子都未必能碰到一次。不过，我也希望以后别再遇到了。"芝浦一脸严肃地说道，旁边的佐纪子则满脸微笑地看着她们。

第七章 童谣《杰克和吉尔》

目送单厢车离开后，两人又回到了休息室。医生和上条早就开始了今日的对弈。上条一脸悠闲地看着棋盘，仿佛早已忘记昨天的事情。见到这个熟悉的场景，菜穗子突然觉得安心了不少。

"知道了你的真实身份，我可算放心了。"医生说。

上条扬起眉毛问："为什么？"

"被人叫将了二十次，却连对方到底是谁都不知道，那我也太失败了吧。再说了，我会一直输给你，肯定也是因为你这人狡诈得很。"

"可是人家上条先生不也对你完全不了解吗？除了知道你是个医生之外。"夫人在一旁插嘴道。

"不，我对二位还是略有了解的。"

"哦？你都知道些什么？"

"不少。比如，你们和女儿、女婿吵架后搬出来了，还有现在医院明明很忙，你们却故意跑到这里来旅行。"

医生放下了手中的棋子。

"你这个人，真是太可怕了。"

"这是我的工作。"

"拖了三年的工作终于结束了，这感觉一定很棒吧？带着珠宝店老板之死的真相和那些假宝石回去，你能得到多少报酬？"

"够我休息一阵子了。"

"嗯，你这工作可真轻松，只要骗骗人就能赚到钱。"

"如果有需要，可以随时找我。"

说着，上条又一次叫了将。

快到中午的时候，村政警部也来了。与第一次见到他时一样，三人在休息室最角落的桌子旁相对而坐。

"那两个人几乎全招了。"

尽管眼角已经露出疲惫,但村政的脸色看起来还是相当不错的。

"看样子,在对原公一先生下手的这件事上,他们做了周密的计划。例如,江波从雪地潜入卧室前,还特意对鞋子做过处理。他不能穿着沾过水的鞋子进入卧室,所以在雪道上行走的时候,他穿的是套了一层塑料袋的室内拖鞋。进入卧室后,他再拆下塑料袋并将之放进口袋里,这样就不用担心在地板上留下湿脚印了。"

"所以,这不是激情犯罪。"

"是的,这完全就是一场有预谋的犯罪。"村政肯定道。

"其他的事情,就和我当时猜想的一样了。唯一的问题在于谁是主犯,谁是共犯。从他们的口供来看,似乎江波才是主犯。"

"别吊我们胃口了。"

村政的那点小心思,似乎没能瞒过真琴的双眼,他只能苦笑着挠了挠头。

"策划并执行这起谋杀案的人,的确是江波不假。但我总觉得,最先提起这件事,或者说提出建议的人是久留美才对。不过她应该没有说得很明确,只是稍微给了江波一点暗示而已。所以我个人觉得,江波是受到了久留美的蛊惑。这一点从毒药上就能看出来。"

"对!"真琴加重了语气说道,"关于毒药的事,还是没有进展吗?"

"是的。乌头碱是一种很特殊的毒药,所以我也很好奇,他

第七章 童谣《杰克和吉尔》

们究竟是从哪里搞来的。不过,我倒是发现了一件很有意思的事情。"

"什么事情?"

"你们知道久留美身上有个吊坠吗?"

"就是那个小鸟形状的……"

菜穗子说完,村政点点头。

"据说那个吊坠是山庄原主人的遗物,被雾原先生转手送给了久留美。那个吊坠的背面有个盖子,里面装的似乎就是乌头碱。"

"吊坠里藏有剧毒?"

菜穗子不由得想起了那个自杀的英国女人。对,她当时就是服毒自尽的。也就是说,那个女人将剩余的毒药装进了吊坠里,留给他人作为纪念。可她为什么要这么做呢?

"一开始我们并不知道那是什么粉末,就拿了一只流浪猫来做测试,结果那只猫当场就死了,这才知道原来是毒药。那女孩居然还敢每天戴在身上,真是太可怕了。正因如此,我才会怀疑原公一先生中毒案件的主谋是久留美,但又找不到确切的证据。"

"难怪你刚才吞吞吐吐的。"真琴冷哼道。

"谁说不是呢?"村政皱着眉说道,不过很快就又笑了起来。

"川崎先生的案子呢?"

"久留美已经承认了。不过她坚称自己并非故意杀人,还说她是被川崎叫到石桥上的,险些被对方杀死。川崎一口咬定久留美看到了自己埋藏宝石的位置,便朝她扑了过去。久留美一直在解释自己没看到,可对方就是不相信。扭打之间,川崎不慎摔下了山崖……"

"听起来倒是挺可信的。"

"是啊。"村政点了点头,"我们也觉得她还不至于丧心病狂到一发现别人有宝石,就想马上杀死对方据为己有的地步。在没有其他相矛盾的信息出现之前,我们暂且选择相信她的这个说法。"

或许正是当时的过失杀人,让她对谋杀这件事生出免疫力,最终变成了一个魔女。菜穗子突然生出了这种想法。

"那些宝石在哪里?"真琴问道。

"就在山庄的储藏室里。嗯,虽然不值钱,不过还是会还给川崎家的。"

"你一早就知道了,对吗?"真琴语带责备地问道,"你知道那些宝石是假货,所以才说没有人会因为宝石而杀人。"

毕竟谁也不会为了一堆假宝石搭上性命。

村政一脸歉意。"我不是故意隐瞒的。哦,对了,找到那些宝石的时候,我还发现了一件东西。我想,还是还给你们比较好。"

村政从包里拿出了五本书,每本书的封面都被撕破了。看到书名的瞬间,菜穗子不由得惊叫了一声。那不就是《鹅妈妈童谣》吗?和她们手里的那套一模一样。

"这个……难道就是?"

"是的。"村政点点头,"正是你哥哥的遗物。大概凶手也不知道该怎么处理,所以就一直放在那里了,其中一本的封面上还写着密码的破解结果。"

村政说着,将那本书放在了菜穗子面前。一串令人怀念的熟悉字迹映入了她的眼帘。

第七章 童谣《杰克和吉尔》

> 天空变红时,伦敦桥的影子便会出现。影桥架设完成后,就能在桥底挖出东西。

果然,公一当时已经成功破解了密码,应该是在他寄出写有"马利亚什么时候回家"的明信片后才破解出来的。而且,他当时用的和菜穗子她们用的还是同一套书。想到这里,菜穗子突然觉得心里暖暖的。

"哦,这是什么?"真琴拿起其中一本书问道。这本书并非《鹅妈妈童谣》,而是一本关于凯尔特神话的书。

"大概是参考资料吧?"村正答道。

"肯定是的。凯尔特人是英国最古老的民族之一,所以我哥哥应该也会查阅相关的资料。"

"这样啊……"

真琴似乎还是觉得奇怪,不过她将书放了回去。

把东西交给她们后,村政就离开了。尽管菜穗子不喜欢这个说话拐弯抹角的矮胖刑警,但不得不说,他还是十分称职的。

当天下午,医生夫妇和上条也准备离开山庄了。夫妇二人穿着来时穿的衣服,拎着来时拎的包上了车。

"回东京后记得联系我们哟。"车内的医生夫人说道,"我请你们吃比这里的饭菜更好吃的东西。"

"真服了你了。"大厨在她耸了耸肩。

医生从车内伸出手来挥手道别。

"东京再见!别吃那些难吃的饭菜了。"

最后一个上车的是上条,他与菜穗子和真琴分别握了手。

"一切都在你的掌握之中啊。"真琴握着他的手说道。

上条看着她的眼睛。"要是没有你们,或许我还找不出真相呢。"

"其实第一次握手的时候我就该发现的,会这么用力握手的男人,如今可不多见了啊。"

"下次再见!"

"一定。"

车子稍稍滑行了一下,接着便慢慢开出去了。菜穗子目送着车子离去,久久不舍得收回目光。其实大家都清楚,或许此生都不会再见了。不知为何,她的眼中流下了几滴泪水。

当天夜里,菜穗子在睡梦中被真琴摇醒。睁开眼睛后,她看到了一脸严肃的真琴,灯光晃得她一时睁不开眼。

"真琴?怎么了啊?"

菜穗子揉了揉眼睛,看了看手表,刚过凌晨三点。

"醒醒,我有话跟你说。"

"这个时间?不能明天说吗?"

"是的,这件事必须现在说。快起来吧。很严重的事,我们解错密码了。

菜穗子原本还是一副没睡醒的样子,听到真琴的最后一句话才彻底清醒过来。

"你刚刚说什么?"

"解错了。我们解错密码了。"

第七章 童谣《杰克和吉尔》

"什么?"

菜穗子一下子从床上跳了起来。

"马利亚什么时候回家?这个问题,我们是从《七星瓢虫》中得出的答案,也就是天空变红时,但这并不一定就是指晚霞。天空变红还有另一个原因。"

"朝霞?"

"对,朝霞。"

"可问题是'马利亚什么时候回家'啊,出门以后回家,不就是傍晚吗?"

"可是这个'马利亚'不一样。你还记得吗?那个马利亚雕像长了犄角。"

"我记得。可那不是犄角吧……"

"就是犄角。所以那不是马利亚,而是魔女。"

"魔女?"

"对。这本收录凯尔特神话的书中就出现了长犄角的魔女,说的是长犄角的魔女半夜跑进一个妇女家中做尽坏事的故事。那个妇女实在受不了了,就去找了井神求助,于是井神就送了她一句驱魔的咒语。那句咒语是这么说的:'你的山和山上的天空都着火了。'"

砰!菜穗子觉得自己的心脏受到了重击。《七星瓢虫》里不是也有一句几乎一样的歌词吗?

"七星瓢虫,七星瓢虫,快快飞回家……"

菜穗子低吟了一声,真琴也跟着唱了起来。

"你的房子着火啦……"

"难怪我一直觉得久留美的话很奇怪。她不是说，破解了密码后，公一要早点睡觉吗？当时我就觉得奇怪，为什么他要早睡呢？"

"是为了第二天能早点起来吧。"

"准确地说，是为了在日出前起来。在寄出明信片的时候，公一也以为那尊雕像是马利亚。不过他应该很快就发现了，那其实是魔女。"

菜穗子再次看了看手表。"明天几点日出？"

"不知道，不过最好要在四点出门。"

"四点啊……"

睡不了了，菜穗子看着手表想着。

"太阳升起后，石桥的影子就会出现在相反的方向。你认识路吗？"

"只能把高濑叫起来，让他帮忙带路了。只要跟他说明一下情况，他肯定会帮忙的。还得让他带我们去储藏室里拿把铲子。"

两人一直等到四点，才敲响了休息室旁的私人房间。本以为要大声敲门才能叫醒高濑，谁知刚一敲，里面就有了回应，而且声音听着十分清楚。

高濑穿着一件运动衫，外面套着件夹克开了门。见到两人后，他瞪大了眼睛。

"这个时间，你们怎么来了？"

"我们需要你的帮助。"

菜穗子直截了当地说明了来意。

"帮助？"

第 七 章　童谣《杰克和吉尔》

"我们要再挖一次。"

说完，她又简单地说了一下关于解错密码的事情。高濑再次大吃一惊。

"这可不得了。"高濑说完就消失在了门后。不多久，屋里就传来了老板和大厨的说话声，而且声音都很大。

终于，房门又开了，走出来的是老板。

"我知道了，现在就过去吧。"

十分钟后，菜穗子、真琴、高濑、老板和大厨五人从储藏室中拿出铲子，出发赶往石桥方向。高濑走在最前面。

"我是真没想到啊。"大厨扛着铲子边走边说，"那不就意味着，包括川崎、公一先生、江波，还有菜穗子小姐和真琴小姐在内的所有人，全都解读错了？"

"不，应该只有公一解出了正确答案。"真琴回头答道，"不过因为他只留下了一句'天空变红时'，所以江波便误以为是傍晚。"

"哦，原来如此。结果江波和川崎的错误解读恰好一致，所以他才能歪打正着地找到那些宝石。想想还挺讽刺的呢。"

"但是正确的地方究竟埋了什么啊？"高濑有些紧张地自言自语道。

"难道是她藏了什么东西？"大厨接话道。

大厨似乎是打算问老板的，但老板只是摇了摇头。菜穗子猜想，大厨口中的那个"她"，指的应该就是那位英国女人吧。

"差不多了。"

真琴抬头看着东方的天空。的确，东边已经开始泛白。

"得快点了。"

高濑加快了脚步。

几分钟后，太阳自东边的两座山之间缓缓升起。这时，菜穗子才终于明白，为何只有在每年的这个时候才能破解密码。因为其他时节，太阳就会藏在其中一座山的后面。

朝阳下，石桥的影子被拉得很长，一直延伸到了河的上游。此刻，影子完全连在了一起。

"就是那里！"真琴喊道。这里的积雪很深，让人走得十分费力。尽管如此，众人还是竭尽全力向前走去。因为拖得越久，就越难确定位置。

"这里。"

第一个赶到的高濑迅速将铲子插进了土里，随后赶到的真琴和老板也拿着铲子挖了起来。

哐！大厨的铲子似乎碰到了什么硬物。其余四人纷纷变了脸色，快速拨开泥土。没多久，下面就出现了一个约一米见方的木箱盖子，看起来尺寸比装宝石的那个箱子大得多。

"出来了……"真琴喊道，她呼吸急促、声音颤抖，不完全是因为用力过度。

"打开看看吧。"

老板将铁铲的边缘插进木箱盖子的缝隙中，试图利用杠杆原理撬开木箱。随着一阵嘎吱嘎吱的声音响起，木箱盖子也被一点一点撬了开来。

"开了！"

大厨迫不及待地打开了盖子。可看清箱子里的东西后，所有人都被吓得面无血色。

"天哪……"

菜穗子捂住了脸。出现在他们眼前的,并非什么宝物,而是一具人类的骸骨。

7

高濑去报警了。剩下的四个人则拿着铁铲呆呆地站在木箱旁,既没有走开,也没有走近。虽然没有人见过真正的骸骨,但从那大小不难推测出,长眠其中的应该就是几年前去世的那位英国女人的儿子。女人将儿子的骸骨掩埋于此后,将埋葬地编成了"鹅妈妈咒语"留在了山庄之中。

"终于真相大白了。"真琴喃喃道,随后她从牛仔裤的口袋中掏出笔记本,翻开其中一页递给菜穗子。

"这是《杰克和吉尔》,我当时就觉得奇怪,为什么只有这首童谣和密码毫无关联?"

"《杰克和吉尔》?"

菜穗子把笔记本拿了过来。

Jack and Jill went up the hill
To fetch a pail of water;
Jack fell down and broke his crown,
And Jill came tumbling after.

白马山庄谜案

> 杰克和吉尔上山坡
>
> 拎着水桶去打水；
>
> 杰克一跤摔破头，
>
> 吉尔跟着也摔倒。

"这是在暗指她儿子从悬崖上摔下来的事吧？"

真琴看向大厨和老板，大厨闻言一脸沉重地点了点头。

"'杰克'指的是她儿子，'吉尔'指的就是她自己了吧，因为她也跟着踏上了黄泉路。在那之前，她将儿子的尸体埋在了伦敦桥下……原来如此！仔细想想也就不难理解了，因为伦敦桥下本就埋葬着人柱啊。"

"不好意思……"

大厨打断了她的话，似乎对这件事没有多大的兴趣。

"你们可以先回山庄吗？剩下的事情就交给我和老板吧。"

尾声 1

菜穗子和真琴在当日上午离开了鹅妈妈山庄。虽然桥下埋有骸骨一事引起了轰动，但山庄里已经没有客人了，所以剩下的事自然也就交由老板和大厨处理了。

菜穗子和真琴坐上来时的那辆白色单厢车离开了山庄。回首红墙尖顶的山庄时，两人不禁有种物是人非的感觉。

"我还有件事想不明白。"正当菜穗子恋恋不舍地频频回望时，一旁的真琴突然抱着手臂低声说道。一看她脸上的表情，菜穗子就知道她这是又开始思考问题了。

"真琴，每次看到你这个表情，我都会没来由地觉得害怕。"

"川崎一夫为什么非得把宝石埋在密码所指示的地方呢？就算是一心赴死之人最后的余兴，也未免太奇怪了吧。"

"所以……"菜穗子有些吞吞吐吐地说道，"他本来就不正常啊。"

"或许吧。不过那密码可不是脑袋不正常的人能破解出来的。听说川崎在死前半年就住进了山庄，所以是不是可以认为，他住进山庄后就发现了密码，接着又用了半年的时间成功破解了密码？一个人会如此执着于一件事情，一定是别有目的吧。"

真琴依旧十分疑惑，但也没有再说什么。

单厢车精准地沿着来时的路行驶着，一路上，她们就连一辆车也没看到。菜穗子不由得再次感慨，这几天住的地方简直堪称与世隔绝。

"可以听听我的推理吗？"一路都在默默开车的高濑突然开口说道。

两人还以为自己听错了，一时都不知该怎么回答。

"您请说吧。"最终还是菜穗子对着后视镜笑着回应了高濑。

"川崎在知道自己不久于世后，仍然带着宝石离家出走，这背后定有不为人知的原因。"

"他是想在死前好好享受余生吧……"

对于菜穗子的回答，高濑不以为然地微微一笑。

"要真是那样，他根本没必要费尽心思掩埋宝石啊。马上卖了换钱不是更好吗？"

"我也这么觉得。"真琴双手抱在胸前点头说道，"所以，他偷珠宝并非为了自己。"

"正是如此。"路上突然出现了一道急弯，高濑操控着方向盘灵活过弯，"所以我觉得，他一定是为了某个人才偷的。"

"为了某个人？真有这样的人吗？"

"还真有这么一个人。"

"谁？家人？"问出口后，菜穗子猛然明白过来。她想起了一件事，大约二十年前，川崎一夫曾与外面的情人生下过一个孩子。

"原来如此。他是想留给外面的情人为他生的那个孩子啊。"

真琴似乎也想起了大厨说的那些话，不过很快她又陷入了疑问，"不过，他为什么非得把宝石埋在密码所指示的地方不可呢？"

"因为他没办法光明正大地把财产交给对方呀。如果就那么把价值数千万日元的宝石交给孩子，那孩子又该如何处置这笔来路不明的财物呢？所以，他应该是想把财产伪装成拾得物的形式交给孩子。"

"也就是说，他将宝石埋在了密码所指示的地方，然后又将密码的破解方式告诉了孩子。等过上一阵子，那个孩子再去把宝石挖出来。只要没人知道川崎和私生子之间的关系，那么宝石的来历就和孩子没有任何关联，孩子也就能以拾得物的名义光明正大地将宝石拿走了。"

"当然，这里还有一个问题，那就是藏宝之人是谁。不过，由于川崎住宿时用了假名，所以没有人会将事情与他本人联系起来。那么最合理的解释就是山庄原来的主人——那位英国女人埋下的，不过也已死无对证了。于是，那些宝石也就会名正言顺地为那个孩子所拥有。"

"不过这样一来，那个私生子不是也应该到这里来挖宝石吗？"菜穗子问道。

"那孩子肯定听说过川崎的计划。可惜的是，估计川崎还没来得及把解密方式告诉孩子，就意外身亡了。再后来，那孩子也知道了那些宝石全是假的……"

"嗯……"

虽然在法律上两人毫无关系，但得知自己的亲生父亲临死前费尽心思为自己准备的那些宝石全是假货时，那孩子内心该是什么滋味呀。"

"不过，川崎的夫人当时想必也对丈夫的歪心思有所察觉，所以才会事先把那些宝石全部换成了假货……说不定她早就猜到川崎准备偷取宝石给情人了。女人可真是种可怕的生物啊。"

"对了，上条先生不是说过，他是通过某种途径知道宝石藏在密码所指示的地方的，究竟是什么途径呢？"菜穗子突然想起了昨日的对话。

一旁的真琴心不在焉地说道："应该是从那个私生子口中听说的吧。对吧，高濑先生？"

高濑似乎在专心开车，一时没有回答，过了一会儿才应道："可能是吧。"

单厢车终于抵达马厩般简陋的车站。高濑一直目送着她们检票进站。

"这些天真是太感谢了，多亏有你帮忙。"菜穗子认真地鞠了一躬。

"哪里……我也帮不上什么忙。"高濑不好意思地挥手道。

"接下来有什么打算？"真琴问道。

"先回静冈看看母亲，然后再做打算吧。"

"这样啊……代我们向你母亲问好。"

"会的。"

真琴率先伸出了右手。高濑看了真琴的脸一眼，然后紧紧握住了她的手。随后，菜穗子也和高濑握手告别。

列车进站。

两人低着头一步步走进站，突然真琴停下脚步问道："高濑先生,我还不知道你的全名呢。"

他大声答道:"启一。我叫高濑启一。"

真琴再次挥手告别道:"再见,启一。"

菜穗子也跟着一同挥手。

直到列车启动离站,高濑仍在挥手。看着高濑渐渐远去的身影,真琴喃喃说道:"他也是为了找出父亲的死因才来这里的吧?"

菜穗子这才瞬间明白了过来。她惊讶得探出头往回望去,想再和对方挥手道别一次。然而,车轮滚滚,已然望不到车站的影子了。

尾声 2

休息室里只剩下两个男人，一个胡须男，一个大胖子。两人并排坐在柜台前喝着廉价的冰镇苏格兰威士忌。

大胖子开了口："究竟是为什么？"

胡须男只是稍微歪了歪脖子，似乎在琢磨对方的问题是什么意思。

大胖子又问了一遍："为什么这东西会和那孩子一起被放进木箱？"

说着，大胖子把一块小小的金属片扔在吧台上。休息室里响起了空洞的金属撞击声，但马上又恢复了安静。

胡须男往柜台上瞥了一眼，冷冷地答道："估计是那孩子死的时候随身带的东西吧。"

"所以，"大胖子用力握紧手里的玻璃杯追问道，"我就是问你为什么这个东西会出现在那孩子身上！"

胡须男默不作答，只是满脸哀戚地盯着眼前的琥珀色玻璃杯。

大胖子不依不饶地继续说道："那时候你说风雪太大，所以没找到孩子。你满脸痛苦、涕泪交加，难道，你当时的眼泪全都是装的？"

尾 声 2

"当然不是!"胡须男终于开口回答,但也仅此而已,而后他的嘴唇又像牡蛎一样紧紧关闭。大胖子一把抓起酒瓶,气呼呼地往玻璃杯里倒酒。

"那你倒是给我说呀,到底是怎么回事?当时你到底有没有找到那个孩子?"

两人之间出现了短暂的沉默,空气中只听得见彼此的呼吸声。大胖子盯着胡须男的侧脸,胡须男则看着手中的玻璃杯。

"我发现那个孩子的时候,"胡须男语气沉重地说道,"他还活着。"

大胖子脸上的肌肉抽动起来,吃惊地问道:"你说什么?"

"那孩子躺在雪地里,虽然失去了意识,但还有气。我背起那孩子,一边想象着她看见孩子时该有多惊喜,一边在雪地里艰难地往前走……"

说到这里,胡须男叹了口气,仰起脖子灌了一大口威士忌。"后来我也记不清到底是因为暴风雪越来越大,还是因为我脚上越来越重,或许两方面的原因都有吧,我终于一下子栽倒在雪地里。恐怕是长时间在雪地里搜寻体力不支吧,我虽然努力想要让自己爬起来,可是双脚根本不听使唤。而且,那孩子也不见了踪影。我拖着一只脚四处寻找,最后发现他被挂到了悬崖的半山腰上。靠我当时的脚力,是根本爬不过去的。我只能拼尽全力跑回别墅,把此事告诉你们。"

"可是你什么都没说……"

"我本来想说!可是,回到别墅后,我看到了焦急等待的她,却突然什么都说不出口了……"

"为什么？"

"当时，她抱着死去丈夫的照片不停地祈祷着。那一刻我突然明白了，在她眼里，那孩子其实就是他丈夫的化身。只要那孩子还活着，她的心就不可能转到其他男人身上。"

"……"

"那天晚上，我本打算向她求婚的。"

"……"

大胖子从对方身上移开视线，仰起脖子将杯中的酒一饮而尽。他握着空酒杯，突然扬手把酒杯狠狠地摔向对面的酒柜。一声清脆的玻璃碎裂声后，休息室里又陷入了无边的寂静。

胡须男面无表情地呆坐着，仿佛根本没听见任何声响。

"第二天，她找到那孩子的尸体时，应该也发现了这个东西吧。估计是那孩子在跌落的瞬间从我身上拽下来的吧。"

胡须男拿起桌上的金属片。

"可见，她已经知道是我抛弃了她的孩子，却始终没有在我面前说破，也不曾对其他任何人提起过，只是默默掩埋了那孩子的尸体，并设下了密码。"

"她把密码留给你了？"

"她这是要让我为那被我杀害的孩子守灵。如果我成功破解了密码，就必须向世人坦白我的罪行；如果我破解不了，就必须永远为她的孩子守灵。"

"这是她的复仇。"

"看起来……是的。"

胡须男再次瞥了一眼金属片。这是一块小巧的铭牌，是他曾经加入的登山队徽章,上面刻着"KIRIHARA[1]"的字样。

原本睡得好好的真琴猛地坐直了身子,把身边的菜穗子吓了一跳。

"我刚才做了个梦。"真琴身上似乎惊出了薄薄的一层汗。

"什么梦?"

"……嗯,记不太清了。"

"梦不都是这样的吗,要不要吃橘子?"

"不了。"说完,真琴又从包里掏出了《鹅妈妈童谣》,哗啦啦地翻到其中一页。

"还记得那条挂坠吗?上面的或许是知更鸟呢。"

"知更鸟?"

菜穗子看着真琴翻开的那一页,念道:"是谁杀了知更鸟?是我。麻雀答道——"

真琴合上书本感慨道:"虽然看不大懂,不过总感觉,女人真的好可怕啊。"

菜穗子饶有兴味地笑了起来。

列车即将抵达东京。

(全文完)

---

1 指雾原。——译者

解 说

凭借清新的校园推理小说《放学后》一举斩获江户川乱步奖，年仅二十七岁便华丽出道的东野圭吾，作为本格派推理的旗手作家，其作品总是给人带来一种充满年轻活力的新鲜感。多年来，其笔力依旧稳健如初。

其获奖作品《放学后》，与多岐川恭的《湿濡的心》、小峰元的《阿基米德借刀杀人》等作品同属校园推理小说。故事以一所女子高中发生的密室杀人案引出后续的连环杀人案，虽然开始时呈现在读者面前的作案手法很简单，但结局却让人难以捉摸，充满了本格推理分析案件、解开谜团的趣味性。

第二部作品《毕业》描述的是发生在大学中的连环杀人案，首先是发生在女生公寓中的大四女生密室杀人案，紧接着是茶道社的茶会杀人案。两部作品同属青春校园推理小说。

作者东野圭吾，昭和三十三年（一九五八年）生于大阪，从大阪府立大学电气工学专业毕业后进入日本电装公司工作。凭《放学后》获得江户川乱步奖时，东野仍就职于该公司。

据东野自己介绍，他在高中时初次接触了小峰元的《阿基米德借刀杀人》，之后便一发不可收。

东野之所以会以校园推理小说出道，想必也是深受小峰元作品的影响吧。

解　说

《白马山庄谜案》，是东野的第三部长篇小说。作为本格推理小说，本作以信州白马一座奇妙的山庄内发生的冬季奇异事件为主线，讲述了主人公通过大胆挑战密室、破解密码来找出凶手的奇妙故事。与东野之前的校园推理小说相比，本作可谓别有一番趣味。

岁末十二月，信州白马山庄迎来了原菜穗子和泽村真琴两位女大学生。

实际上，菜穗子的哥哥公一刚好于一年前在这座山庄离奇死亡。当时房间处于密室状态，再加上死于罕见毒药的公一还患有神经衰弱，因此公一之死被警察判定为自杀事件。但菜穗子对哥哥之死始终心存疑惑，为了查明真相，她与好友真琴一起，在一年后的同一时期来到了山庄。

《白马山庄谜案》中最吸引人的，就是作者将案件的发生地设定在了"远离人烟的山庄"，这无疑为作品平添了几分古典的风味。

众所周知，在推理小说还被称为侦探小说的古典时期，连环杀人案的舞台一般都会设定在一个有限的空间中，例如一间旅馆或是一个家庭之中。换而言之，这类推理小说大都喜欢将出场人物集中在一个场所，借名侦探之手，激发案件相关人员的推理能力，最后巧妙地解开案件的真相。

范·达因的《格林家杀人事件》，以及埃勒里·奎因的《Y的悲剧》便是此中典范。

然而在这样的设定中，人物关系总是过于亲近、熟悉，难免会使故事显得太过单薄。

白 马 山 庄 谜 案

本书将故事发生地设在"远离人烟的山庄"中,便能弥补上述缺陷。如此一来,各色人物便能交替出场,非常适合以找出凶手为最终目的的本格推理小说。

而且,在这种背景下,相关人物齐聚一堂,在名侦探的引导下共同解开谜团的情节设定也就显得更为合理了。

鉴于此,日本也有不少作家尝试巧妙地设置类似的犯罪场所,例如鲇川哲也的《紫丁香庄园》以及夏树静子的《W的悲剧》等。

在《白马山庄谜案》中,作者设定了一个古典舞台的同时,又大胆加入了前所未有的崭新尝试。

首先,就是担任侦探角色的原菜穗子和泽村真琴这两位朝气蓬勃的女大学生。真琴体格健硕,无论衣着风格还是谈吐举止都十分男性化,因此常被误认为男生。这对总让人误以为是女同性恋的搭档,利用各自的性格优势,同心协力一步步破解案件,最终让真相大白于天下。这一点着实让人觉得有趣。

这种性格对比鲜明的女子二人组角色塑造,在冈岛二人的江户川乱步奖获奖作品《焦茶色的彩色粉笔》中也曾出现过。不过《焦茶色的彩色粉笔》中的大友香苗是一位家庭主妇,平日里也会做些兼职工作,另一位女汉子绫部芙美子则是赛马预测报纸的记者。这与作为年轻大学生的菜穗子和真琴是完全不同的人物角色。

将故事的舞台设定在当时十分流行的西欧风格山庄中,则是这部作品的另一个创新之处。在这座改造自英国人别墅的鹅妈妈山庄中,每个房间的名字都源自英国传统的《鹅妈妈童谣》,房间的壁挂上也都刻有相应内容的歌词。这也是让破解密码的过程变得更有趣味性的重要道具。

试想一下，如果将故事背景设定在古老的日式风格山庄中，那房间里出现《鹅妈妈童谣》的歌词就难免显得十分突兀了。可在崇尚欧式风格山庄的年代，这样的设定便显得十分合理了。

读过这个故事的人都明白，《鹅妈妈童谣》中有大量的双关语，涉及动物、滑稽人物、天气以及数字歌等，内容包罗万象，语言风格或是幽默，或是荒诞。不过其中的一些歌词，在成年人看来甚至都会觉得残忍血腥、毛骨悚然。

在推理界，《鹅妈妈童谣》中的歌词早就被当作预示杀人事件的重要道具。例如许多推理迷都耳熟能详的范·达因的《主教杀人事件》，以及阿加莎·克里斯蒂的《无人生还》中，就出现了基于恐怖歌词展开的离奇杀人案。

《鹅妈妈童谣》，或者说"童谣杀人手法"早已被许多推理小说用作推动情节的道具，可东野却在《白马山庄谜案》中别出心裁地将歌词以密码的形式呈现在读者的眼前，令人耳目一新。

菜穗子死去的哥哥公一从当地寄回了一张明信片，上面写了一句令人费解的"马利亚什么时候回家"。这个谜语中究竟隐藏着怎样的秘密？就在两人沿着《鹅妈妈童谣》中的歌词追寻谜底的时候，山庄内凶案再起。紧接着……

长田顺行在其名作《推理小说和密码》的序言中写道："使用密码元素的推理小说中，存在以谜语形式展开文字游戏和用暗号来破解密码这两种手法。两者常常被结合起来使用的原因就在于，无论是谜语形式的文字游戏还是暗号，都不过是对语言文字的一种人为操控而已。"长田顺行将以暗号为中心的作品称为暗号性小说,将以谜语形式的文字游戏为中心的作品称为暗示性小说,以示区别。

暗号的开头,通常是一些毫无意义的符号,而文字游戏却并非如此,其开头通常都是有一定含义的文字。从这一点来看,《白马山庄谜案》中的设定是以谜语形式的文字游戏为中心的,应该归于长田氏所称的暗示性小说。

在《白马山庄谜案》中,菜穗子和真琴对《鹅妈妈童谣》歌词的解读,与包括菜穗子哥哥公一之死在内的一系列离奇案件都有着密切的关联。

这部作品以令人耳目一新的女大学生侦探组合破解隐藏在《鹅妈妈童谣》中的密码为中心,融入了东野最擅长的密室手法,出人意料地讲述了一连串跌宕起伏的故事,将各种新颖的巧妙设定呈现在一方充满古典风味的舞台中,给读者带来了一场阅读盛宴。

《白马山庄谜案》发表之后,东野的每一部作品都独具匠心,比如,将生前留下谜一般话语的白领之死和密室杀人相结合的《学生街的日子》,将连环杀人案和写有"来自无人岛的满满爱意"的信件相结合的充满意外性的《十一字杀人》,描写天才投手死亡迷雾的棒球推理小说《魔球》,以芭蕾舞团为背景的《沉睡的森林》,描写高台滑雪项目杀人事件的特色运动推理小说《鸟人计划》,以及尝试全新倒叙推理形式的《布鲁特斯的心脏》,等等,每一部都是极有水准的本格推理杰作。

在《沉睡的森林》中,曾在《毕业》中登场的大学剑道部队长加贺恭一郎,从一名中学教师成长为了警视厅搜查一科的刑警。伴随着这类侦探角色的成长,东野的推理小说也开始走出校园,进入一个更加广阔多彩的新天地。

从这个意义上而言,《白马山庄谜案》可以称得上是作者从校园推理向上飞跃的一部转型之作,绝对值得大家关注。

权田万治

文学评论家。一九三六年出生,东京都人,从东京外国语大学法语专业毕业后任职于日本新闻协会,之后在专修大学文学部教授新闻论、近现代文学。现为日本推理文学资料馆馆长,日本推理作家协会会员,美国侦探作家协会(MWA)会员。

HAKUBASANSOU SATSUJIN JIKEN
© Keigo Higashino [2020]
All rights reserved.
Original Japanese edition published by Kobunsha Co., Ltd.
Publishing rights for Simplified Chinese character arranged with Kobunsha Co., Ltd. through KODANSHA LTD., Tokyo and Kodansha Beijing Culture Co., Ltd. Beijing, China.

© 中南博集天卷文化传媒有限公司。本书版权受法律保护。未经权利人许可，任何人不得以任何方式使用本书包括正文、插图、封面、版式等任何部分内容，违者将受到法律制裁。

著作权合同登记号：字 18-2024-189

图书在版编目（CIP）数据

白马山庄谜案 /（日）东野圭吾著；潘郁灵译 .
长沙：湖南文艺出版社，2025.2. -- ISBN 978-7-5726-2140-6

Ⅰ . I313.45

中国国家版本馆 CIP 数据核字第 2024UH1601 号

上架建议：畅销・悬疑推理

BAIMA SHANZHUANG MI'AN
白马山庄谜案

著　　者：	东野圭吾
出 版 人：	陈新文
责任编辑：	张子霏
监　　制：	于向勇
策划编辑：	布　狄
版权支持：	金　哲
特约编辑：	罗　钦　王成成
营销编辑：	时宇飞　黄璐璐　邱　天
装帧设计：	沉清 Evechan
版式设计：	马睿君
内文排版：	谢　彬
出　　版：	湖南文艺出版社
	（长沙市雨花区东二环一段 508 号　邮编：410014）
网　　址：	www.hnwy.net
印　　刷：	三河市天润建兴印务有限公司
经　　销：	新华书店
开　　本：	855 mm×1180 mm　1/32
字　　数：	210 千字
印　　张：	9
版　　次：	2025 年 2 月第 1 版
印　　次：	2025 年 2 月第 1 次印刷
书　　号：	ISBN 978-7-5726-2140-6
定　　价：	59.80 元

若有质量问题，请致电质量监督电话：010-59096394
团购电话：010-59320018